LA

NOUVELLE MORALE EN ACTIONS.

LECTURES POPULAIRES

5.

LA NOUVELLE ET VÉRITABLE

MORALE EN ACTIONS

PAR

S. HENRY BERTHOUD.

PARIS

RENAULT ET Cie, LIBRAIRES-ÉDITEURS

RUE D'ULM, 48

1861

TOUT CE QUI RELUIT

N'EST PAS OR

CHAPITRE PREMIER.

DEUX PÈRES ET DEUX ENFANTS.

Je vais vous conter des faits véritables, des faits dont, au besoin, plusieurs centaines de personnes pourraient attester l'authenticité. Seulement, par des raisons de convenance bien faciles à comprendre, vous me permettrez, n'est-ce pas? de changer les noms des personnages qui doivent figurer dans mon récit, de déguiser quelques faits insignifiants ou de médiocre importance, et de placer la scène en d'autres lieux que le pays où elle s'est passée.

Un soir, dans une petite ville de huit à dix mille

habitants, deux hommes devisaient au coin du feu, après avoir soupé ensemble et tandis que leurs femmes s'évertuaient à essuyer et à remettre en place tous les objets qui avaient servi au repas du soir. L'âtre, en pétillant, jetait dans la chambre les clartés joyeuses de sa grande flamme rouge, et il ne se mêlait à la voix des deux interlocuteurs d'autre bruit que les pas des ménagères et le souffle de deux enfants qui dormaient ensemble dans un même petit lit.

Tout annonçait au logis cette médiocrité qu'enviait si fort le poëte Horace, et que donnent l'ordre et le travail; car si le travail procure l'aisance, l'ordre en centuple les avantages. Les meubles n'étaient point d'acajou, mais de simple merisier; des rideaux de coton et non pas de soie retombaient le long des fenêtres; mais en revanche la propreté brillait partout d'un grand éclat et les rideaux présentaient une blancheur tellement éblouissante que l'on ne pouvait pénétrer dans ce logis sans une sorte d'admiration et sans complimenter les deux femmes auteurs de pareilles merveilles.

Ce furent en effet des paroles de félicitation que leur adressa en entrant un troisième personnage, vieillard encore plein de force, et qu'à ses vêtements noirs et au sourire paisible de son vénérable visage il était facile de reconnaître pour le curé du bourg.

— Salut aux femmes fortes, dit-il, salut aux

femmes que l'on trouve toujours au travail !
Vraiment, vous faites de votre maison un véritable palais, ou plutôt un séjour de fée, dont
la poussière est bannie à chaque instant comme
une ennemie contre laquelle on ne saurait
trop sévir : vous avez raison ! Et vous, mes maîtres, ajouta-t-il en tendant ses mains septuagé-
naires aux deux bourgeois, qui s'étaient levés avec
respect en le voyant entrer, et vous, êtes-vous
toujours les gens les plus heureux que je connaisse ?

— Oh ! pour cela, oui, monsieur le curé. Comment ne serions-nous point satisfaits et heureux !
nous avons de la besogne plus que nous ne pouvons en faire....

— C'est que vous faites votre besogne avec plus
de cœur et mieux qu'aucun autre.

— Nous gagnons plus d'argent que nous n'au-
rions jamais osé l'espérer....

— Dieu bénit et fait prospérer ceux qui chan-
tent ses louanges en travaillant....

— Enfin, non-seulement nous gagnons de quoi
vivre dans l'aisance, mais encore nous amassons
des bonnes petites sommes assez rondes, pour servir plus tard à l'éducation de nos enfants.

— Si vous alliez au cabaret dépenser votre superflu, vous manqueriez bientôt du superflu et du
nécessaire.

— Et, par-dessus tout, nous avons des femmes
si bonnes, si laborieuses, si douces, si préve-
nantes !

— Si vous manquiez d'égards et de douceur pour elles, vous perdriez bientôt le bonheur domestique dont vous parlez avec un si vif attendrissement.

— Sans compter nos petits garçons qui viennent à merveille, qui sont charmants comme des anges, et qui ne savent point ce que c'est que de nous désobéir.

— Vous donnez de bons exemples à vos enfants, et vos bons exemples produisent leur bonne conduite. Vous le voyez, mes amis, après Dieu, vous êtes les auteurs de votre bien-être, de votre fortune et de votre bonheur domestique. Il suffirait de quelques mois d'inconduite, de paresse et de désordre pour tout détruire. Bien des gens qui pourraient goûter une existence aussi douce que la vôtre se débattent dans la misère. Bénissez donc le Seigneur des bons sentiments qu'il vous a inspirés, et félicitez-vous de les avoir écoutés comme vous l'avez fait.... Mais voici vos jolies ménagères qui ont achevé de tout remettre en ordre au logis, et qui viennent nous demander, près de la cheminée et de la lampe, une place où elles puissent s'établir pour coudre. Serrons-nous un peu! Bien! Nous voilà tous commodément établis pour passer la soirée ensemble.... Or çà, voyons, de quoi causiez-vous quand je suis entré?

— D'un sujet bien important pour nous, monsieur le curé : de l'éducation à donner à nos enfants; car voici qu'ils deviennent grandelets : Al-

bert compte neuf ans, et Paul n'en a pas moins de
dix. Ils lisent déjà tous les deux aussi couramment
que leurs mères et commencent à écrire beaucoup
mieux qu'elles, dont l'éducation a été un peu né-
gligée. Quant à nous, par malheur, nous ne savons
point lire. Voici le moment de nous décider sur
la carrière que nous voulons leur faire suivre.
Leur donnerons-nous une profession industrielle?
chercherons-nous à profiter de leurs heureuses
dispositions pour chercher à leur procurer une
position sociale plus élevée? C'est là ce qui nous
préoccupe beaucoup, Etienne et moi, et ce dont
nous causions quand vous êtes entré.

— Pour moi, dit Etienne, je pense qu'il faut
mettre les enfants au collége et leur faire recevoir
l'éducation qu'y reçoivent tous les autres enfants.
Nous sommes bien assez riches et assez jeunes
pour que rien ne leur manque jusqu'à ce qu'ils
aient achevé leurs études et qu'ils soient en état
de se faire un sort. Robert ne partage point tout
à fait mon avis.

— Voici ce qui m'arrête, monsieur le curé : c'est
que les enfants contracteront au collége le goût
d'une vie aisée et de l'aversion pour les travaux manuels; or, s'ils ne réussissent point dans leurs
études, exercer le métier qu'exerce leur père de-
viendra pour eux un véritable chagrin; tandis
qu'en s'y mettant de bonne heure ils en prendront
l'habitude, comme cela nous est arrivé dans notre
jeunesse.

— Et tu veux laisser ton fils dans l'ignorance?

— Non certainement. Je continuerai à l'envoyer pendant une ou deux années encore, soit à l'école des frères de la doctrine chrétienne, soit à l'enseignement mutuel. Là, Paul perfectionnera son écriture, apprendra les calculs et l'orthographe et se familiarisera avec les premières notions du dessin linéaire; ensuite je le prendrai dans mon atelier et je lui enseignerai à devenir, comme moi, un bon ébéniste, sans cesser de l'envoyer à l'école de dessin et à l'école de musique; car le dessin le rendra meilleur ouvrier, et la musique lui donnera les moyens de charmer ses loisirs et ses heures de repos.

— De sorte que si ton fils est destiné à devenir un médecin habile ou un avocat célèbre, tu feras avorter sans pitié l'état brillant qui lui était réservé, et tu le condamneras, pour toute sa vie, à des travaux manuels et à une position obscure. Oh non; mon fils annonce d'heureuses dispositions, je veux les développer. Maintenant qu'il sait lire, écrire et compter, il faut qu'il entre au collége.

— Mon cher Etienne, je ne suis pas assez instruit pour entamer la discussion que tu me proposes; mais il me semble que l'éducation publique, excellente, sans doute, dans son application générale, serait souvent vicieuse quand on veut l'adapter à un cas particulier... Simples artisans...

— Simples artisans, interrompit Étienne, nous devons chercher, sinon par nous, du moins par nos enfants, à nous élever et à sortir de la position où nous sommes. Aujourd'hui le véritable mérite peut arriver à tout; les places, les dignités, la députation, le ministère même, sont ouverts au mérite et au talent, n'importe leur point de départ. Je ne veux point fermer à mon fils les moyens d'arriver à la fortune s'il y est destiné. Albert entrera demain au collége.

— Paul restera dans les écoles où il étudie, et dans un an travaillera dans l'atelier à côté de moi.

— Quelle folie, n'est-ce pas, monsieur le curé, dans la conduite de mon frère Robert ?

— Comme mon frère Étienne compromet le bonheur de son fils, n'est-ce pas?

Et les deux frères, s'étant animés par la discussion, se tournèrent du côté du curé pour qu'il décidât entre eux.

— Mes amis, leur demanda le vieillard, est-ce un avis que vous me demandez ?

— Oui, sans doute.

— Vous me permettez de parler librement.

— Nous vous en prions.

— Vous écouterez mes paroles en paix et sans mauvaise humeur... d'autant plus, vous le savez, que je ne donne jamais de conseils que si l'on me les demande, et sans que je veuille les imposer le moins du monde.

— Parlez en liberté, monsieur le curé.

— Eh bien! mon cher Étienne, dites-moi : que vous manque-t-il pour être heureux, vous qui tout.

à l'heure remerciiez Dieu avec tant d'effusion du bonheur dont vous comblait sa miséricorde?

— Rien assurément, monsieur l'abbé, répliqua Étienne en rougissant; car il comprenait où le curé voulait en venir; mais si je suis heureux de mon humble position, elle ne peut néanmoins me satisfaire pour mon enfant.

— Mon cher Étienne, le bonheur ne se trouve point dans les agitations d'une brillante position sociale; toutes ces couronnes que la fortune place sur la tête d'un petit nombre de privilégiés paraissent de loin resplendissantes; de près, elles sont ternes, lourdes, et meurtrissent jusqu'au sang les fronts qui les portent. Croyez-moi, le brin d'herbe qui pousse au pied du chêne et qui trouve entre ses racines la goutte d'eau qu'il lui faut pour se nourrir, et le rayon de soleil qui l'épanouit, est cent fois plus paisible que l'arbre géant dans les rameaux duquel s'engouffrent les orages. La destinée du brin d'herbe attend votre fils; ne lui donnez pas celle du chêne.

— Mais pour recevoir une bonne éducation il n'est point dit pour cela que je n'en ferai point un ouvrier comme moi; l'instruction ne le rendra point plus mauvais ouvrier.

— Le bon sens de votre frère a prévu tout à l'heure cette objection... Votre fils reviendra au logis avec des pensées d'ambition qui l'entraîneront loin de sa sphère modeste, lui détruiront son bonheur réel en lui offrant les prestiges de désirs impossibles. Croyez-m'en, Étienne, faites de votre fils ce que vous êtes, un artisan simple, laborieux, honnête, craignant Dieu, fidèle à ses devoirs, et heureux !

Là-dessus le curé se leva, car il était tard. Il prit congé des deux frères qui, sans renouer l'entretien interrompu par le départ de leur vieil ami, allèrent se coucher chacun dans leur chambre.

Étienne ne dormit point et passa une grande partie de la nuit à deviser avec sa femme des projets qu'il formait pour son fils. Thérèse partageait secrètement les opinions de son mari : elle aurait donné tout au monde pour voir son fils devenir le médecin à la mode du pays ou l'avocat le plus célèbre du tribunal de première instance. Déjà, elle entendait, en imagination, plaider le jeune homme devant toute la ville assemblée, et obtenir un brillant succès de larmes et d'applaudissements. Ou bien, elle le voyait installé au milieu d'un vaste salon, dans l'antichambre duquel se pressait un grand nombre de malades, attendant les conseils du savant docteur avec une impatience qui prouvait combien ils en espéraient de soulagement et d'espoir. Donc, au lieu de ramener Étienne aux conseils du curé, elle l'engagea à persévérer dans ses propres sentiments. Son mari, naturellement opiniâtre, n'eut pas de peine à l'écouter; si bien que le jeune Albert fit son entrée au collége, sans retard, le lendemain matin.

Thérèse eut une grande joie à voir partir son

fils, son carton sous le bras et avec une jolie blouse neuve ; car la bonne mère n'aurait pas voulu que son enfant fût moins bien vêtu que les plus riches écoliers du collége.

Robert aimait avec trop d'affection son frère Étienne pour jamais songer à le contredire sur une résolution arrêtée et déjà mise à exécution. Aussi, loin de chercher à le ramener à son opinion, il s'intéressait vivement aux études de son neveu, et se félicitait avec lui des progrès dont faisait preuve le petit Albert. Néanmoins, de son côté, il ne dévia point de la ligne qu'il s'était tracée ; et comme Paul calculait déjà très-bien, comme son écriture aurait fait honneur à un calligraphe et qu'il ne commettait pas la plus légère faute d'orthographe dans la dictée la plus difficile, Robert retira l'enfant de pension et commença dès lors à l'initier aux éléments de la profession d'ébéniste.

Étienne partageait les soins de son frère et cherchait par tous les moyens possibles à rendre plus facile et plus prompt l'apprentissage de son neveu.

Ce fut ainsi que Paul et Albert reçurent deux systèmes d'éducation opposés, sans que la tendre intelligence de leurs parents fût troublée en rien, sans que ces derniers songeassent à y rien changer.

Cependant, il faut l'avouer, Robert se sentit un jour vivement ébranlé, et il lui fallut bien du courage et bien de la conviction pour résister à une pareille épreuve. Ce fut le jour de la distribution des prix du collége, qui survint un an après l'admission d'Albert dans cet établissement. Un auditoire immense remplissait la salle et présentait toute l'élite de la ville rangée sur des gradins. On proclama les noms des élèves assez heureux, assez laborieux pour avoir mérité les prix, et le principal, qui lisait cette liste des élus, arriva enfin à la classe où se trouvait Albert. Alors les cœurs de tous les membres de sa famille, de son père, de sa mère, de son oncle, de sa tante, palpitèrent avec une vive émotion et des angoisses inexprimables d'attente et d'incertitude. Tout à coup un nom est proclamé; un enfant perce la foule et reçoit une couronne... Oh! bonheur! oh! joie! c'est Albert, c'est leur enfant chéri... Ce n'est pas tout... le nom est proclamé pour une seconde victoire, et, cette fois, c'est sa mère qui le couronne, sa mère qui, fière et heureuse, se jette dans les bras d'Étienne éperdu, hors de lui et le cœur gonflé d'une de ces joies impétueuses dont rien ne peut maîtriser l'énergie.

Robert, tenant son fils par la main, revint tout pensif au logis.

CHAPITRE II.

CE QUE DEVIENNENT LES DEUX FILS.

Je vous l'ai dit, Robert, après la distribution des prix, rentra chez lui, triste, pensif et craignant d'avoir pris une résolution moins sage que le parti adopté par son frère. Certes, se disait-il, Paul montre autant d'intelligence qu'Albert, et si je l'eusse mis au collége j'eusse éprouvé les jouissances et l'espoir dont s'enivre Étienne.

Cette pensée le tourmenta le reste de la journée avec tant d'anxiété qu'il prit la résolution d'aller trouver le curé et de lui demander conseil, après lui avoir soumis ses doutes. Le vieux prêtre le rassura et l'engagea à persister.

L'éducation des deux cousins continua donc à marcher dans deux lignes tout à fait opposées Cinq années s'écoulèrent au bout desquelles Albert entra en troisième, et Paul fut regardé comme le plus habile ébéniste de la petite ville qu'il habitait. Son père et son oncle avaient pris soin, avec une vive sollicitude, de lui enseigner leur profession, et l'intelligence du jeune garçon s'était merveilleusement prêtée aux leçons qu'il recevait. Le temps qu'il ne passait pas dans l'atelier, il l'employait à étudier la musique ou à lire quelque livre instructif; de sorte que, sans être excellent musicien, il jouait fort agréablement de la flûte, et que sa mémoire s'ornait d'une foule de connaissances curieuses par lesquelles il s'initiait à l'histoire de son pays et aux merveilles de la nature.

Quant à son cousin Albert, ses professeurs se montraient fort satisfaits de lui : chaque mois il obtenait presque toujours les meilleures places dans les divers concours de sa classe, et les distributions annuelles de prix lui valaient infailliblement des couronnes et des applaudissements. Il traduisait à merveille Virgile et Quinte-Curce, remettait sur leurs pieds, sans trop de travail, les vers latins dont on avait bouleversé la construction ; excellait dans les thèmes et commençait à comprendre quelques fables d'Ésope, avec l'aide du dictionnaire de M. Gail.

Ce fut alors que survint un incident par lequel les deux frères, unis d'une si tendre amitié et depuis longtemps associés ensemble, se séparèrent. Il fallut, pour les amener à un pareil sacrifice, des motifs graves et pour ainsi dire un devoir pieux à remplir. La mère de la femme de Robert mourut et laissa son mari, vieillard impotent, chargé seul d'un commerce considérable de bois à la direction duquel il ne pouvait plus suffire. Vendre cette entreprise, c'était s'exposer à des pertes considérables, et renoncer aux avantages immenses qu'elle allait enfin produire après tant de longues années de travail. Le vieillard écrivit donc à son gendre pour lui

proposer de venir demeurer avec lui et de se charger de la direction d'une affaire qui l'intéressait
autant que lui, puisque sa femme s'en trouvait l'u-
nique héritière. Robert ne pouvait balancer ; il
montra en pleurant cette lettre à Étienne qui n'en
fut pas moins ému que lui, mais qui corrobora son
frère dans la résolution de partir.

« Frère, lui dit il, les décrets de la Providence
nous séparent et viennent rompre une tendre amitié que jamais le moindre sentiment d'amertume
n'a troublée pendant vingt ans. Soumettons-nous
à ce que le ciel ordonne ; quoique éloignés, nous
ne nous en aimerons pas moins ; quoique absents,
nous ne nous en prêterons pas moins aide et secours,
si l'occasion s'en présente. »

En disant cela ils se jetèrent dans les bras l'un
de l'autre et s'embrassèrent avec effusion.

Robert reprit :

« Je serai le père de ton enfant comme tu seras
le père du mien, si l'un de nous venait à mourir.
Il en sera de même de nos femmes, n'est-ce pas ?
elles trouveront un asile et du pain près de celui
vers lequel viendra la pauvre veuve en pleurant.

— Pourquoi parler de cela, frère ? n'est-ce point
une chose naturelle et toute simple ? »

Ils se séparèrent donc ; Robert en partant avec
sa femme et son enfant pour la ville voisine où de-
meurait son beau-père ; Étienne en demeurant seul
propriétaire de l'établissement d'ébénisterie qu'il
s'efforçait de faire prospérer et qui prospérait,

grâce à sa persévérance infatigable et à son ardeur au travail. Dès cinq heures du matin, il entrait dans l'atelier, qu'il ne quittait plus qu'aux heures des repas, et quand la nuit était venue. Car quels que fussent ses bénéfices et ses gains, il parvenait difficilement à faire face aux charges considérables dont il se trouvait accablé. Sans compter la dépense de son ménage et la petite pension qu'il faisait à sa vieille mère, l'éducation de son fils absorbait toutes ses ressources par les frais qu'elle nécessitait. Il n'en persévéra pas moins jusqu'au bout, et préféra s'astreindre aux plus rudes privations, passer les nuits à travailler et même se refuser le nécessaire, plutôt que d'interrompre les études du jeune homme et de ne point recueillir les fruits d'une éducation qui promettait des résultats si satisfaisants.

Enfin Albert acheva sa rhétorique, obtint plusieurs prix dans cette classe et se trouva, de la sorte, avoir terminé son cours d'études au collége de sa petite ville.

Alors son père se demanda ce qu'il fallait faire afin que ces études profitassent à son fils; il alla trouver le Principal du collége, qui lui dit :

« Albert n'en est encore qu'à la moitié de sa carrière scolastique; il faut qu'il aille faire sa philosophie au chef-lieu de l'Université, après quoi il pourra se présenter aux examens du baccalauréat; ensuite il sera propre à suivre toutes les carrières. »

Etienne rentra chez lui, redit à sa femme ce que lui avait dit le Principal, et tous deux tinrent conseil sur les moyens d'arriver à subvenir aux dépenses d'Albert pendant une année. Tant que ce jeune homme était resté près de sa famille, la chose avait encore été possible ; mais à présent, il fallait recourir à des moyens extraordinaires. La bonne mère vendit sans balancer quelques bijoux qu'elle possédait ; son mari reçut à l'avance le prix d'une commande considérable de meubles que lui fît un négociant de la ville, et le trousseau achevé, le jeune homme partit en promettant à sa mère et à son père de se montrer digne, par son excellente conduite et par son travail, des sacrifices qu'ils s'imposaient pour lui.

Il tint parole, en effet, vécut avec toute l'économie possible et revint au bout de l'année avec le diplôme de bachelier ès-lettres, diplôme qui coûta près d'une centaine de francs à sa famille.

Une fois son fils nanti de ce titre important et payé par tant de sacrifices, Etienne alla trouver de nouveau le Principal du collége.

« Mon fils est bachelier ès-lettres, dit-il.

— Bien, fort bien ! répliqua le Principal ; le voilà propre à entrer dans toutes les carrières possibles : l'instruction publique, la législature, la médecine ; il ne vous reste plus qu'à faire un choix.

— Dame ! si nous en faisions un médecin ?

— Alors il faut l'envoyer à Paris pour qu'il y suive les cours de l'Ecole de médecine, qu'il y prenne ses inscriptions et qu'il se fasse recevoir docteur.

— Combien de temps faut-il pour tout cela ?

— Quatre ans, répondit le Principal.

— Et devons-nous payer cher les inscriptions et le diplôme de docteur ?

— Peu de chose, mon Dieu ! Les inscriptions coûtent peu chacune, et quand il s'agit de passer la thèse, le jeune docteur en est quitte pour un millier de francs, je crois. »

Etienne soupira.

« Et avocat ? demanda-t-il.

— C'est à peu près la même chose.

— Il faudra donc nous contenter de l'instruction publique, fit l'ébéniste déconcerté.

— Je puis vous être de quelque utilité dans cette carrière, si vous le voulez. Je prendrai dans mon collége votre fils comme maître d'étude et lui donnerai quatre cents francs d'appointements, la table et le logement.

— Voilà qui est bien pour commencer, mais où cela le mènera-t-il ?

— A une chaire de régent.

— Et les appointements de cette chaire s'élèvent...

— De douze cents à dix-huit cents francs, selon la classe ; à moins qu'Albert ne se fasse recevoir élève de l'École normale et qu'il ne puisse par ce moyen aspirer au titre de professeur dans un grand collége. Alors dans sept ou huit ans, il est dans les chances probables qu'il se verra mille écus de traitement.

Étienne demanda quelques jours au Principal pour réfléchir, et raconta à sa femme et à son fils ce qu'on venait de lui dire.

Le résultat de ce conseil de famille fut que le jeune Albert partirait pour Paris, afin d'aller passer les examens de l'école normale et de s'y faire recevoir.

Pour subvenir aux frais de ce nouveau voyage, il fallut de nouveaux sacrifices et même recourir aux emprunts. Étienne greva d'hypothèques sa petite maison, et Albert monta dans la diligence qui menait à Paris.

Je n'ai pas besoin de vous dire quelles attentes et quelles angoisses agitèrent les parents du jeune homme, jusqu'au jour où la première lettre de leur fils arriva... Hélas! cette lettre renversa toutes les espérances des deux honnêtes artisans.

« Mon père, leur écrivait Albert, je suis arrivé à « Paris, et je me suis présenté de suite aux exa- « mens, mais du premier instant j'ai dû recon- « naître que les études faites par moi dans notre « petit collége de province étaient trop faibles pour « me permettre de lutter avec mes concurrents. « me faudrait deux années entières de travail pour « arriver, je ne dis pas à leur être supérieur, mais « seulement pour pouvoir me trouver à peu près « de force avec eux. A quelle résolution m'arrêter? « J'attends vos ordres. »

Une consternation mortelle frappa l'ébéniste et sa femme.

— Il ne nous reste qu'un parti à prendre, dit enfin Étienne, c'est de rappeler notre enfant, de le mettre à l'établi et de lui enseigner notre métier.

— Y penses-tu, mon ami? perdre le fruit d'une pareille éducation et de tant de sacrifices!

— Mais, femme, il nous faudrait continuer ces sacrifices pendant bien des années encore, et tu sais que nous ne le pouvons plus!

Il écrivit donc à son fils de revenir, et huit jours après, Albert, ceint d'un tablier, travaillait près de son père, dans l'atelier d'ébénisterie.

Mais, faute d'habitude, il s'y prenait avec une extrême maladresse, et ses mains, qui ne s'étaient jamais livrées à aucun travail mécanique, n'étaient point du tout propres à façonner le bois. D'ailleurs toute sa tendresse et tout son respect pour son père ne pouvaient l'empêcher de laisser voir le dégoût et l'aversion qu'il éprouvait à s'astreindre à de telles fatigues et à une pareille vie. Il obéissait, mais il souffrait cruellement.

Sa résignation, sa pâleur, les larmes qu'il versait à la dérobée et l'altération que ne tarda point à éprouver sa santé, touchèrent vivement son père, non sans inspirer de vives inquiétudes à sa mère. Persister à lui faire exercer une profession manuelle, c'était le tuer. Albert entra donc comme clerc chez un avoué.

Alors commença pour lui une existence un peu plus convenable, mais qui ne le menait à aucun avenir. C'était végéter, gagner quelques cents francs par an, et beaucoup moins qu'il ne l'eût fait bientôt en restant ouvrier ébéniste. Étienne se désespérait de voir s'évanouir si tristement les espérances brillantes qu'il avait conçues pour le sort de son fils, et aurait donné tout au monde afin de le mettre à même de compléter une éducation inachevée et par conséquent inutile. Préoccupé sans cesse de cette idée, sans cesse affligé, tourmenté en voyant son fils à l'entrée de toutes les carrières sans pouvoir entrer dans aucune, faute de quelques nouveaux efforts, il prit une résolution désespérée, vendit sa maison, et se trouva, par ce moyen, possesseur d'un millier d'écus qui lui permirent d'envoyer de nouveau Albert à Paris.

— Mon enfant, lui dit-il, pars à l'instant, et va suivre les cours de l'École de droit ou de médecine, comme tu le voudras. Si tu peux, sans négliger tes études, te livrer à quelques travaux qui puissent nous rendre moins pénibles les sacrifices que nous faisons pour toi, nous t'en saurons gré ; c'est d'ailleurs ton patrimoine que tu ménageras. Cependant ne néglige point pour cela tes études.

Albert partit donc pour aller faire son droit ; car il se sentait plus de penchant pour la profession du barreau que pour celle de médecin. La première avait plus d'éclat et elle exigeait des études moins pénibles et moins rebutantes. Or, dans son noviciat de clerc d'avoué, Albert avait contracté non pas le goût de la paresse, mais l'habitude de la mollesse, ou plutôt de l'insouciance. Par cette raison, de même qu'il avait choisi le genre d'études le plus commode, il se contenta d'effleurer ces études sans les approfondir, et s'il ne passa point tout à fait de mauvais examens, certes il n'y fit point preuve d'un savoir remarquable et reçut plus de boules rouges que de blanches. Quant à sa conduite, sans cesser d'être honorable, elle n'en prit pas moins un caractère plus léger et plus dissipé. Sans argent pour ses plaisirs, il mena d'abord une vie solitaire; mais peu à peu l'exemple de ses camarades le fit regarder autour de lui avec envie, et l'amena à les imiter. Albert devint donc un joyeux élève en droit, hardi, spirituel, tapageur, toujours le premier quand il s'agissait de jouer une espièglerie; un hardi gaillard et que l'on vantait comme l'honneur du corps. Mais, hélas! il fallait de l'argent plus qu'il n'en avait pour subvenir aux dépenses nécessitées par ce nouveau genre de vie, et il ne lui arrivait de chez ses parents que de quoi subvenir au plus strict nécessaire.

Albert eut d'abord recours aux emprunts, puis aux dettes. Alors vinrent les réclamations et les créanciers. Harcelé sans relâche, et ne sachant plus où donner de la tête, le malheureux jeune homme conçut un soir la malheureuse pensée d'entrer dans une maison de jeu... Ce ne fut point sans pâlir, ce ne fut point sans de vives palpitations de son cœur qu'il pénétra dans ces bouges du vice... Mais la fatalité voulut qu'il gagnât ce soir-là, et qu'il emportât chez lui une somme assez considérable.

Au lieu de se servir d'un or si mal acquis pour

payer ses dettes, il le dissipa en folles dépenses, et
revint le lendemain pour tenter de nouveau la fortune; mais elle fuit, elle cessa de lui être favorable;
il sortit du tripot sans qu'il lui restât seulement de
quoi manger le lendemain.

Et ses créanciers étaient toujours là! ses créanciers inexorables et d'autant plus pressants qu'ils
avaient appris ses ridicules prodigalités de la veille!
Convaincus de la mauvaise foi de leur débiteur, ils
ne gardèrent plus aucun ménagement et résolurent
d'en venir avec lui aux plus sévères extrémités.

Un soir, Étienne et sa femme faisaient un repas
frugal, à peine suffisant pour apaiser leur faim, car
il leur fallait compléter dans quelques jours la
somme qu'ils envoyaient chaque mois à leur fils,
et ils n'étaient point encore parvenus à rassembler
la moitié de l'argent nécessaire. Cependant Étienne
avait déjà passé la nuit précédente pour ne point
se voir forcé à payer un ouvrier de plus, et se préparait à passer encore la nuit prochaine, quand tout
à coup on heurta à leur porte: c'était le facteur,
qui leur remit une lettre de Paris; une lettre qui
n'était point écrite par Albert. La femme d'Étienne
ouvrit précipitamment et non sans inquiétude cette
lettre; voici ce qu'elle contenait :

« Monsieur,

« Créancier de votre fils pour une somme de trois
cent soixante-dix francs, prix de sa pension dans

mon restaurant depuis six mois, je vous préviens que je l'ai fait arrêter après protêt des lettres de change souscrites par lui à mon profit et qu'il se trouve détenu dans la prison pour dettes, où il restera jusqu'à ce que vous m'ayez fait payer. »

Suivaient le nom et l'adresse du créancier.

—Qu'est-ce? qu'as-tu donc, ma femme? demanda Étienne qui ne savait pas lire. Seraient-ce de mauvaises nouvelles d'Albert? Te voilà pâle, tremblante et prête à t'évanouir.

— Non, dit-elle, ce n'est point d'Albert, mais de Paul...

En ce moment on frappa de nouveau à la porte; la femme d'Étienne alla ouvrir, et un jeune homme se jeta dans ses bras.

— Ma tante! s'écria-t-il, ma bonne tante!

Puis il courut prodiguer les mêmes caresses à Étienne qui, après l'avoir embrassé tendrement, lui demanda :

— Qu'est-ce donc que cela veut dire? tu nous écris de Paris, nous recevons à l'instant ta lettre, et tu arrives en même temps qu'elle.

— Une lettre de Paris... écrite par moi ?

— Oui, fit la mère d'Albert en interrompant son neveu, dont elle saisit la main. Oui, mon garçon, ta lettre ne nous est remise qu'à l'instant même; il y a sans doute eu des retards.

— Silence! ajouta-t-elle, tandis que Paul la regardait avec stupéfaction, silence! Il y va de la vie

de ton oncle ! S'il savait le déshonneur que lui annonce cette lettre, il maudirait son fils et mourrait
sur-le-champ.

CHAPITRE III.

TELLE CULTURE, TELS BLÉS.

Paul attendit , plein d'inquiétude et de tristes
pressentiments, le départ de son oncle, afin de pouvoir apprendre de sa tante le secret contenu dans
la lettre qui lui causait tant d'émotion. Quand il
lut cette lettre fatale, quand il sut les fautes, la
honte et le châtiment sous lequel gémissait son
cousin, il ne put retenir ses larmes et serra silen-
cieusement dans ses mains les mains de la pauvre
mère éplorée.

« Ma tante, dit-il lorsque son trouble lui permit
de parler, depuis la séparation de notre famille
les affaires de mon père et les miennes ont pros-
péré : pour mon compte particulier je me vois à la
tête de six ou sept mille francs d'économies. Je
réservais cette somme en cas de quelque malheur
imprévu ; ce malheur arrive ; seulement il me frappe
plus cruellement que je ne le redoutais, car il tombe,
non sur moi, mais sur vous. Ne dites rien de tout
ceci à votre mari ; je partirai demain matin pour
Paris. J'écrirai à mon père avant de me mettre en

route; je lui confierai nos chagrins, et le prierai de m'envoyer de suite ce qu'il me faudra de ma petite somme, non-seulement pour délivrer Albert, mais encore pour payer toutes ses dettes et sauver l'honneur de votre nom. »

La mère d'Albert écoutait son neveu avec un attendrissement plein d'admiration.

« Oh! s'écria-t-elle, oh! Paul, pourquoi n'avons-nous point laissé notre fils dans la position douce et laborieuse dont la prévoyante tendresse de ton père ne t'a point fait sortir? Pourquoi avons-nous sacrifié notre fortune, notre bien-être à des ambitions insensées? Pourquoi mon fils n'est-il plus comme toi un modèle de vertu et de générosité? Ne crois point cependant que j'accepte ton sacrifice; c'est à nous et non à toi de payer les dettes d'Albert. »

Mais alors la pensée de la pauvreté où ils se trouvaient réduits lui apparut tout à coup, et elle ne put s'empêcher d'ajouter :

« Insensée que je suis! il ne nous reste plus rien. »

Paul s'avança timidement près de sa tante et la conduisit vers un crucifix qui s'élevait au chevet du lit qui se trouvait dans la chambre :

« Vous avez donc oublié les paroles que se dirent nos pères en se séparant, et qui, malgré ma jeunesse, ne sont point sorties de ma mémoire et de mon cœur : « L'absence ne nous désunira « point; nous resterons frères, et ces enfants aussi; « en cas de malheur, que celui qui souffre vienne

2.

« à l'autre pour être aidé et consolé. » Eh quoi ! ne s'agit-il donc point de sauver l'honneur de votre fils, et de sauver du désespoir votre mari? et vous hésitez par un vain scrupule !

— Non, Paul, je n'hésite plus : j'accepte, pars. Une voix secrète me dit là que le ciel te rendra au centuple un sacrifice que tu m'offres avec tant de dévouement. Pars ! »

Le lendemain matin Paul écrivit à son père, et prit une place dans la diligence de Paris. En arrivant, son premier soin, après s'être assuré d'un logement, fut de se rendre à la prison, près de son cousin; il le trouva brisé par son infortune et par le repentir de ses fautes. Sans lui adresser un reproche, sans lui parler du désespoir où ses déportements avaient jeté sa famille, il lui annonça que les dettes pour lesquelles il était retenu prisonnier se trouvaient acquittées, et il n'ajouta même pas que c'était lui, et non pas Etienne, qui avait fourni l'argent nécessaire. Puis il emmena son cousin hors de ce lieu de honte et de désolation.

Quand ils furent arrivés à l'hôtel :

« Albert, lui demanda-t-il, dis-moi combien de temps t'est nécessaire encore pour te faire recevoir docteur en droit et passer ta thèse? Ta mère m'a chargé de te le demander.

— Six mois.

— Combien d'argent te faut-il d'ici là pour vivre sans trop de privations et surtout sans contracter la plus légère dette?

— Cent cinquante francs par mois.

— Et tu me jures sur l'honneur de ne point dépasser cette somme, du moins sans m'en prévenir ?

— Je te le jure.

— Eh bien! mon ami, le premier de chaque mois tu iras trouver chez le banquier, par lequel m'est arrivé l'argent qui t'a libéré, la somme que tu me demandes. Je n'ai pas besoin de te dire qu'il serait indigne à toi de tromper la confiance que te montre ta famille. »

Le lendemain Paul quitta Paris sans avoir le moins du monde joui des plaisirs de cette ville, car son père avait besoin de lui; mais il fut bien récompensé de cette noble conduite par les tendres embrassements de son père et de sa mère.

« Oh! mon cher Paul, lui dirent-ils, que Dieu te bénisse pour la manière dont tu t'es conduit dans cette triste circonstance! Qu'il soit béni, surtout pour m'avoir inspiré la bonne pensée de t'envoyer dans la ville où demeure ta tante! »

Paul, le cœur content et l'esprit libre, se remit à l'ouvrage avec satisfaction; il aimait son état, car il y excellait, et personne ne pouvait entrer en rivalité avec lui pour la perfection avec laquelle il exécutait les pièces les plus difficiles de l'ébénisterie. Une lettre de son cousin, qui venait d'apprendre par sa mère de quelle source provenait la somme qui l'avait sauvé, acheva de rendre Paul le plus heureux des hommes: car cette lettre annonçait le prochain retour d'Albert, qui devait passer sa thèse à huit jours de là. Comment Paul n'aurait-il pas été le plus heureux des hommes ? Adoré de son père et de sa mère, respecté de tous ceux qui le connaissaient, occupé toute la journée, ne manquant jamais de travail et gagnant assez d'argent pour mener une vie douce et sans privation, enfin mettant de côté, chaque mois, une somme assez ronde, que pouvait-il espérer, que pouvait-il désirer de plus, maintenant qu'il savait sa tante hors d'inquiétude et Albert arraché aux piéges et aux périls de la vie parisienne !

Albert, en effet, revint dans le sein de sa famille avec le titre d'avocat. Sa mère lui avait préparé une jolie petite chambre qui pouvait en même temps lui servir de cabinet pour recevoir se clients, et son père avait passé plus d'une nuit à fabriquer des meubles afin de rendre tout à fait commode cette pièce. Enfin le jour si longtemps attendu brilla, et le bon Etienne et sa femme pressèrent dans leurs bras le fils dont ils s'étaient séparés si longtemps par tendresse pour lui. L'installation d'Albert dans son appartement, le plaisir de le voir là toute la journée près d'eux, et surtout le grand jour où il fut admis, par le président du tribunal civil, à prêter serment et à commencer son stage, donnèrent d'abord du bonheur à cette famille si longtemps éprouvée par des sacrifices pénibles et par des inquiétudes constantes.

Mais, hélas ! les sacrifices ne cessèrent point et

les inquiétudes reparurent bientôt. Il n'était point suffisant au jeune Albert d'avoir le diplôme d'avocat et de pouvoir plaider; il lui fallait encore les occasions de plaider et des clients qui voulussent bien lui confier leurs affaires. Or, les plaideurs assez riches pour payer un avocat préféraient tout naturellement s'adresser à des hommes de loi habiles et expérimentés. Personne ne songeait donc au fils de l'ébéniste Etienne; personne ne lui confiait de cause.

A peine eut-il l'occasion de plaider trois ou quatre fois d'office pour de pauvres diables prévenus d'insignifiants délits correctionnels, et dans les affaires desquels Albert ne put déployer ni talent ni savoir. D'ailleurs on n'arrive point tout à coup à devenir un avocat distingué, un orateur d'élocution facile, un légiste familier avec la loi et avec son interprétation. Albert, découragé, délaissé, perdait ses journées dans une oisiveté complète; car, faute de but, faute de motif réel d'occupation, il ne se sentait pas le courage de travailler sérieusement, et cherchait tous les moyens de distraction possibles pour s'étourdir sur sa position et sur les souffrances de son amour-propre.

Quant à Etienne, la triste position de son fils le rendait encore plus malheureux qu'Albert, s'il est possible, car cette position était son ouvrage à lui; elle résultait de l'imprudente éducation qu'il avait donnée à son fils et du mépris qu'il avait fait pour

lui de la douce et obscure position où il se trouvait. Les lettres de Robert ajoutaient encore à son
désespoir; Robert, sans se douter du mal qu'il
faisait à son frère, ne pouvait jamais lui faire
écrire une lettre par sa femme sans y parler avec
effusion du bonheur qu'il devait à son fils, à son
fils modèle de conduite, laborieux, rangé, intelligent, excellent musicien, et qu'il allait marier avec
une jeune personne, fille d'artisan comme Paul,
mais élevée par sa mère qui ne l'avait jamais
quittée d'un moment. Or, pour les femmes ces
éducations-là sont seules les bonnes. « Ma bru
« future est jolie, douce, économe, » avait continué
de dicter Robert à sa femme; « Paul trouvera là
« toutes les qualités qui nous ont rendus toi et moi
« si heureux, et qui ont fait de nos ménages de
« véritables paradis. Tâche de venir à la noce,
« alors le bonheur de ma famille sera com-
« plet. »

Mais personne de la famille d'Étienne ne put se
rendre à cette invitation, ni assister à une fête si
heureuse; car ils ne se trouvaient pas assez riches
pour dépenser les frais d'un voyage et rester une
semaine sans travailler. Ce fils qui ne gagnait pas
un sou dans une année et qu'il fallait, non-seulement loger, nourrir, blanchir, habiller, mais encore entretenir sur un pied convenable, et même
ne pas laisser manquer tout à fait d'argent, les jetait dans des gênes que l'on comprendra sans peine
en réfléchissant à ce que peut gagner, en province,

un artisan, quelque laborieux et quelque habile
qu'il soit.

Les privations de tous les instants que s'imposait
sa famille à cause de lui étaient, vous le compre-
nez, un sujet sans cesse renaissant de souffrance
et d'humiliation extrême pour Albert; aussi res-
tait-il le moins possible au logis, et passait-il une
grande partie de la journée au cabaret. Là, du
moins, il espérait encore se former une clientèle
parmi les habitués de ces lieux de dissipation;
mais ceux qui buvaient avec lui ne s'adressaient
point à lui quand ils avaient besoin d'un avocat,
et plus que jamais une rage sourde, une jalousie
du succès des autres et un sentiment amer de haine
fermentèrent dans le cœur d'Albert.

Faute de pouvoir parler au barreau, il se mit à
écrire dans un petit journal hargneux de la ville,
et qui, faute d'abonnés, de succès et de bénéfices,
cherchait des compensations dans le scandale et
dans les injures grossières, décochées avec lour-
deur et à bout portant. Albert croyait par là s'ac-
quérir cette sorte d'importance que vaut la haine
de ceux qu'on offense: mais sa conduite ne lui
valut que du mépris, d'autant plus que ses dia-
tribes manquaient de talent et de justesse. Car on
n'arrive point en quelques jours à devenir un écri-
vain, pas plus qu'un peintre ou qu'un architecte,
et il faut des études préalables et persévérantes
même pour réussir dans ce genre facile et infâme
qui fait le déshonneur d'une certaine partie de la

presse parisienne, que l'on appelle la *petite presse,* et que n'imite que trop bien parfois le journalisme de la province.

Vinrent ensuite les élections d'un député. Albert, toujours mû par le tourment de sa nullité, se jeta à corps perdu dans les intrigues du mouvement électoral et servit si chaudement et si maladroitement son candidat, que ce dernier se vit forcé de désavouer hautement un partisan dévergondé et qui ne pouvait que nuire à sa cause.

Ce dernier coup acheva de perdre le malheureux Albert dans l'opinion publique, et de le placer, injustement peut-être, parmi les hommes tarés qui ne sont bons à rien et que menace un sombre avenir. Son père ne put résister à tant de coups réitérés; il tomba malade, se mit au lit et mourut bientôt en gémissant sur l'imprudente éducation qu'il avait donnée à son fils et qui l'avait perdu.

Voilà donc Albert qui reste seul avec sa mère, sans ressource, sans pain, sans asile bientôt... Que devenir? à quel parti s'arrêter? Il se trouvait dans la ville un agent d'affaires, homme taré, qui exerçait toutes sortes de métiers clandestins sans en devenir plus riche pour cela, et se chargeait du recouvrement de créances douteuses ou presque périmées, brocantait des affaires équivoques, et manigançait, à l'époque du tirage au sort, des intrigues pour faire réformer les jeunes conscrits, ou pour leur fournir des remplaçants. Il lui fallait un associé jeune et actif; car lui il était vieux et malade. Il vit Albert dans la détresse et s'adressa à lui. Albert saisit avec empressement cette faible branche de salut, quoiqu'elle fût couverte de boue, et ne tarda point, à force de misères et de souffrances, à force de se trouver en contact avec son ignoble associé, à perdre tout sentiment de délicatesse et de loyauté. Il eut des affaires enfin ; il put plaider, mais ce fut dans des causes si peu honorables, si honteuses, que la veuve d'Étienne refusa de partager un pain gagné à pareil prix et par de si coupables moyens. « J'aime « mieux, dit-elle à son fils, vivre du travail de mes « mains, et même mendier, que de devenir com- « plice des spoliations dont vous persécutez de pau- « vres veuves et de malheureux orphelins. » Mais Albert était lancé dans un tourbillon fatal et ne pouvait s'arrêter ; il vit donc s'éloigner de lui sa mère, et comme chaque fois qu'il allait la visiter c'était pour en recevoir des reproches trop mérités, il finit par la délaisser entièrement.

Deux ans après, il sut qu'un héritage assez considérable, eu égard à sa pauvreté, était survenu à la vieille dame, et qu'elle en jouissait depuis quelque temps. Il se trouvait alors, ainsi que son associé, dans une crise difficile et qui allait décider de leur ruine ; une dizaine de mille francs les eût sauvés ; l'héritage recueilli par sa mère s'élevait à peu près au double de cette somme. Albert avait quelques droits à réclamer de sa mère, le partage du legs dont elle avait pris possession. Poussé par

la misère et par les mauvais conseils de son associé, il fit réclamer la part qui lui revenait, disait-il.

« Que mon fils quitte le métier honteux qu'il
fait, répondit la veuve d'Etienne, et je lui abandonne la somme entière. »

Albert, désespéré par la misère et par l'imminence de sa ruine, envoya des huissiers chez sa
mère et la menaça d'un procès.

« C'est une dernière honte que je veux épargner
au nom que porte celui qui vous envoie, dit-elle
aux émissaires de son fils; qu'il vienne demain à
onze heures; je lui remettrai l'argent, mais qu'il
vienne lui-même. »

Le lendemain, en effet, Albert eut l'affreux courage de venir au rendez-vous. Le malheureux! il
fallait que la misère lui eût bien flétri le cœur!

Il trouva sa mère, pâle, mourante, et un prêtre assis près de son grabat. Quand elle vit arriver
Albert, elle lui fit signe de fermer la porte et de
s'approcher d'elle.

« Écoutez-moi, dit-elle, Albert; je voulais vous
maudire à mon lit de mort; mais le digne prêtre
qui m'assiste à mes derniers moments m'a de-
mandé, au nom de Jésus-Christ, de vous pardonner, et je vous pardonne. Prenez cet or qui vous a
fait troubler les derniers moments de votre mère,
et que Dieu vous laisse le temps de vous repentir! »

Elle jeta le portefeuille qu'elle tenait, retomba
sur son oreiller et mourut.

Albert, au désespoir, forma près du cadavre de sa mère des projets de réforme sincères, mais qui furent bientôt étouffés par l'habitude de l'oisiveté et de l'inconduite. Les vingt mille francs qu'il avait hérités du trépas de sa mère furent bientôt dissipés et ne retardèrent sa ruine que de quelque temps. Flétri par une banqueroute frauduleuse, il lui fallut subir l'infamie de la prison et ensuite aller se perdre dans ce gouffre de vices et d'ignominie où se débattent dans l'ombre, à Paris, quelques centaines de misérables, d'où l'on voit sortir de temps à autre une tête qui va se montrer sur les bancs de la Cour d'assises, pour se courber ensuite sous le carcan des forçats ou sous le couteau de la guillotine. Peut-être un jour, car l'horrible drame que je vous conte n'est point achevé, le nom d'Albert viendra-t-il compléter d'une façon terrible mon récit et vous montrer dans toutes ses fatales conséquences les résultats d'une demi-éducation disproportionnée, incomplète et mal appliquée.

Quant à Paul, père de deux enfants, paisible dans son ménage, prospère dans son commerce, il est heureux et fait le bonheur de son père et de sa mère. Chacun l'aime et l'estime.

Voilà les faits que j'ai préféré vous conter plutôt que de me jeter dans des théories générales presque toujours fausses quand on en vient à l'application particulière. Tout cela, je vous le répète, n'est point une fiction, mais des événements dont j'ai constamment été le témoin, et qui par malheur se renouvellent chaque jour avec des circonstances à peu près pareilles. J'ai évité autant que possible dans mon récit les réflexions, laissant au lecteur le soin de les déduire. Pascal n'a-t-il point dit que les meilleurs enseignements étaient ceux qui se prouvaient d'eux-mêmes et qu'un fait valait mille paroles?

FIN.

LOUISE ET MARIE

CHAPITRE PREMIER.

LE DÉPART.

Si, mal entendue, l'éducation a pour les hommes des résultats funestes, ces résultats sont bien plus déplorables encore pour les femmes. Destinées à une vie paisible, douce, laborieuse et sédentaire, jugez des infortunes qui leur sont réservées, quand on n'a point su leur inspirer le goût des travaux domestiques. Leurs désirs s'élancent au-delà du cercle dans lequel doit se passer leur existence ; au lieu de chercher le bonheur dans ce cercle même, l'oisiveté, l'orgueil froissé, l'inquiétude, le malaise, leur font prendre en dégoût la vie domestique, et ne tardent point, ainsi, à les amener à l'oubli de leurs devoirs.

Il y a quelques années, deux femmes, voisines et unies entre elles par des liens de parenté, habitaient la petite ville de Vannes, où toutes les deux jouissaient d'une honnête aisance, grâce à la prospérité d'un commerce assez lucratif et surtout à l'activité laborieuse de leurs maris. Chacune d'elles avait une fille unique, objet de leur vive tendresse et dont elles ne cessaient de s'occuper du matin au soir avec une sollicitude extrême.

Jusqu'à l'âge de douze ans, les jeunes personnes reçurent la même éducation, c'est-à-dire que leurs mères leur apprirent tout ce qu'elles savaient elles-mêmes : prier Dieu, lire, écrire, compter, savoir diriger un ménage et entretenir en bon état le linge de la famille. Elles ne quittaient jamais leurs mères, qui les accompagnaient à l'église, à la promenade, partout enfin, et qui leur donnaient l'exemple d'une vie régulière et l'amour du travail. C'était là, sans doute, une éducation sage et bien entendue; aussi rien n'égalait en grâce et en naïveté Louise et Marie. Toujours vêtues de robes simples, mais d'une avenante propreté, on aurait dit qu'elles étaient constamment parées comme pour une fête, et cependant on ne remarquait jamais rien de raide et de maniéré en elles; sans compter que leurs robes, neuves en apparence, duraient souvent plus d'une année, et avaient maintes et maintes fois subi les modifications que nécessitaient le développement et la croissance de celles qui les portaient.

Du reste, joyeuses, espiègles, un peu gâtées sans doute, mais respectueuses et tendres pour leurs parents, c'étaient deux charmantes petites créatures que l'on ne pouvait voir sans aimer. Aussi fut-ce les larmes aux yeux que la mère de Louise, madame Plourmec, dit un jour en soupirant à la mère de Marie :

— Quel malheur d'être obligée de me séparer de mon enfant! Quand j'y pense, le cœur me manque.

— Vous séparer de votre enfant! reprit madame Danetis en serrant machinalement Marie contre sa poitrine; vous séparer de votre fille! Et quel malheur affreux, quelle impérieuse nécessité vous y force?

— Mais ce malheur-là doit vous être bientôt commun, ainsi qu'à moi.

— A moi! à moi! rien ne me séparera jamais de Marie.

— Et comment ferez-vous donc pour compléter son éducation? Ne vous faut-il point, ainsi que je veux le faire pour Louise, placer Marie dans un pensionnat, afin qu'elle y apprenne une foule de choses que nous ne pouvons leur enseigner parce que nous ne les savons pas.

— Chaque jour, je regrette de ne point avoir reçu une éducation plus grande, puisqu'elle me prive du plaisir de continuer moi-même une partie de l'éducation de ma fille; mais mon mari y supplée, et une maîtresse vient enseigner à cette chère petite ange la géographie, la grammaire et la dictée. Cela ne suffit-il point?

— Cela suffit si peu que Louise va partir pour un grand pensionnat de Paris.

— Votre projet sera bien coûteux.

— Qu'importe, quand il s'agit de l'éducation de ma fille! Sa dot en sera quelque peu plus modeste; mais des talents, mais du savoir-vivre, mais de belles manières ne valent-ils pas mieux que de l'argent pour marier une jeune personne?

— Peut-être avez-vous raison. Mais une chose m'arrêterait encore à votre place. Louise va se trouver jetée au milieu de compagnes beaucoup plus riches qu'elle; elle entendra leurs conversations, elle apprendra que nous ne sommes que de pauvres petits bourgeois. Ne craignez-vous point que, par la comparaison de la fortune de ses amies et de notre position, elle n'arrive à s'estimer malheureuse?

— Loin de là, répliqua madame Plourmec, elle formera des liaisons brillantes qui plus tard lui rendront facile un bon mariage.

— Je ne m'explique point trop comment cela pourrait se faire, ajouta madame Danetis, qui, tout en combattant les projets de sa voisine, ne s'était pas moins surprise à désirer pour sa fille une éducation brillante comme celle qu'allait recevoir Louise.

Quand son mari rentra, le soir, il la trouva pensive. Madame Danetis lui dit franchement ce qui la préoccupait.

— Ma chère femme, lui répondit le marchand, es-tu heureuse?

— Peux-tu me le demander? répliqua sa femme

en se jetant dans ses bras; chaque jour je bénis le ciel de l'existence qu'il m'a donnée, en me mariant à un hommme si digne de ma tendresse et de mon respect.

— Eh bien! laisse madame Plourmec chercher pour sa fille un bonheur douteux et soumis à des chances; celui que nous préparons à notre chère Marie est certain. Elle restera près de toi, douce, pure, paisible et entourée de tendresse, jusqu'au moment où il nous faudra la marier. Alors nous lui chercherons un mari simple, laborieux, honnête homme; plus solide que brillant, plus rangé que riche; et nous pourrons mourir tranquilles, car notre enfant vivra comme nous aurons vécu, obscurs mais heureux. N'est-ce pas là ton avis?

Madame Danetis embrassa son mari.

— Tu as raison, dit-elle, tes sages paroles ont dissipé les fumées de vanité que mon entretien avec madame Plourmec m'avait fait monter au cerveau; je ne porte plus envie à ses projets.

Dans une petite ville tout se sait; aussi le prochain départ de madame Plourmec pour Paris et son projet de placer sa fille dans un grand pensionnat de Paris devinrent bientôt le sujet de tous les entretiens; les uns prenaient parti pour la marchande, les autres contre elle. Cependant il faut avouer que la plupart de ceux qui la blâmaient tout haut lui portaient envie tout bas, et regrettaient que leur peu de fortune leur défendît de l'imiter.

3.

Pendant quelques semaines, on ne parla que de cela. D'abord, le trousseau coûta des sommes considérables, eu égard à l'économie de la vie ordinaire que l'on mène à Vannes, et les couturières mises à contribution par madame Plourmec purent à peine suffire à rendre, en temps opportun, cette grande quantité de linge réclamée par le prospectus du pensionnat. Enfin tout se trouva prêt; on retint des places à la diligence, et la mère et la fille partirent avec une suite nombreuse de caisses et de malles, à la grande satisfaction des curieux que ces détails amusaient beaucoup.

Disons que la bonne madame Danetis ne put s'empêcher de laisser couler une larme de jalousie en voyant les immenses préparatifs du trousseau destiné à la compagne de sa fille, et qu'il lui fallut toute la confiance et le respect qu'elle avait en son mari, pour ne point tenter près de lui de nouveaux efforts afin d'en obtenir l'envoi de Marie dans un pensionnat de Paris.

CHAPITRE II.

ARRIVÉE À PARIS.

Madame Plourmec, à peine arrivée à Paris, se hâta de faire une de ses plus belles toilettes et de se rendre au pensionnat qu'elle destinait à sa fille.

Les frais de trousseau étaient si considérables, et d'un autre côté les dépenses du voyage s'étaient accrues à tel point, qu'elle désirait prolonger le moins possible son séjour hors de Vannes.

Le fiacre dans lequel elle monta la conduisit au bout d'une rue solitaire et s'arrêta devant une maison de belle apparence. Après avoir traversé une immense cour, la dame bretonne fut introduite dans un somptueux salon où quelques instants se passèrent sans que personne parût. A la fin, une dame mise avec élégance, et dont la parure révélait une recherche pleine de goût, s'avança vers madame Plourmec. Celle-ci se sentit toute confondue et mal à l'aise en présence de cette dame aux grandes manières, et ce fut en balbutiant qu'elle annonça le but de sa visite. La dame l'écoutait, quand tout à coup le bruit d'une voiture se fit entendre ; les deux battants de la grande porte extérieure, devant laquelle stationnait humblement le fiacre de madame Plourmec, s'ouvrirent avec empressement pour recevoir dans la cour un magnifique carrosse, et la maîtresse du pensionnat, s'excusant rapidement près de la mère de Louise, courut recevoir madame la marquise de ***, qui venait chercher sa fille pour une promenade au bois.

Tant que la marquise resta là, c'est-à-dire tant que dura la toilette de l'enfant qu'elle venait chercher, madame Plourmec, oubliée totalement par la maîtresse du pensionnat, demeura dans un coin du salon avec sa fille, sans qu'on lui adressât un seul mot, sans qu'on prît garde à elle, sans qu'on lui fît la moindre excuse. Elle se sentit froissée de ce procédé, et plus d'une fois l'envie lui vint de se lever, de partir et de conduire Louise dans un autre pensionnat; mais elle n'en connaissait pas de plus famé que celui-ci; mais elle avait annoncé à toute la ville de Vannes que c'était dans cette maison d'éducation qu'elle conduisait Louise. Elle dévora donc son mécontentement, réprima son amour-propre froissé, et sourit à la maîtresse de pension quand celle-ci, après avoir reconduit la marquise jusqu'à sa voiture, vint reprendre l'entretien comme s'il n'avait point été interrompu assez cavalièrement.

Madame Plourmec paya d'avance une année de la pension de Louise, et fit apporter dans le parloir ce trousseau dont elle était si fière, qui lui avait coûté tant de soins et dont elle avait acquitté le prix par de si grands sacrifices. Elle s'attendait à des éloges sur la qualité de la toile et sur la manière dont le travail se trouvait exécuté. Loin de là, la maîtresse du pensionnat se récria sur la grossièreté des tissus et sur la mauvaise façon qu'avaient tous ces objets.

— La disparate sera extrême, dit elle, entre le trousseau de votre fille et celui de mes autres élèves. Au lieu de faire confectionner ces objets au fond de la Bretagne, madame, vous auriez dû en charger une couturière parisienne.

La susceptibilité bretonne de madame Plourmec faillit encore éclater à ces paroles; mais l'idée de revenir à Vannes sans avoir accompli textuellement ce qu'elle avait annoncé, et la sorte d'ascendant de supériorité qu'exerçait sur elle la maîtresse de pension, la continrent et lui firent proposer des termes moyens d'accommodements; quelques objets du trousseau furent remplacés par d'autres plus fins, et l'admission définitive de Louise dans le pensionnat ne souffrit plus de difficulté.

Alors, il ne resta plus à la pauvre mère qu'à se séparer de son enfant, de son enfant chérie, de celle dont elle ne s'était jamais éloignée une heure, de celle qui, depuis douze ans, faisait son bonheur et sa joie. La pauvre mère pensa deux ou trois fois perdre connaissance. Enfin, elle rassembla toute sa force, embrassa une dernière fois Louise qui sanglotait et partit.

CHAPITRE III.

UNE DEMANDE EN MARIAGE.

J'ai longtemps insisté sur la manière dont fut reçue madame Plourmec par la maîtresse du pensionnat célèbre où elle conduisit sa fille; car cette réception indiquait l'accueil et la conduite que l'on allait tenir désormais à l'égard de la pauvre petite, pendant toute la durée de son séjour dans ce riche établissement. A peine y fut-elle entrée que toutes ses compagnes surent et se redirent entre elles avec mépris qu'elle était la fille d'un pauvre marchand breton. La plupart de ces jeunes filles, élevées dans une sotte vanité de leur nom et de leur fortune, ne manquèrent donc pas d'accabler Louise de mille humiliations sans cesse renaissantes, et d'autant plus cruelles qu'elles s'attaquaient à son amour-propre. On l'évitait; on ne l'abordait que pour lui adresser d'insolentes questions; enfin, on lui donna le surnom de la *Marchande*, et ce mot était toujours prononcé par les jeunes impertinentes avec une expression ineffable de mépris.

Sans trouver tout à fait un pareil dédain chez ses maîtresses, Louise n'en recevait pourtant pas le même accueil que les autres. Jugez donc de sa tristesse et de son isolement. Longtemps abattue et découragée, elle finit pourtant par s'armer de résolution, et se jeta dans l'étude comme dans un refuge. Bientôt on fut forcé de remarquer ses progrès dans la musique et dans le dessin; les maîtres, flattés de ses progrès, prirent une attention sérieuse à elle, et secondèrent ses efforts laborieux. A la fin de l'année, sa supériorité dans ces deux talents était si grande que les premiers prix de dessin et de piano furent décernés à Louise.

Quatre années s'écoulèrent de la sorte, durant lesquelles elle vit une seule fois sa mère; car le prix de la pension était si considérable, en présence de la mince fortune de madame Plourmec, que celle-ci était obligée de s'imposer les plus rudes sacrifices, surtout celui d'aller voir rarement sa fille. Enfin arriva le temps de la sortir de pension et du retour à Vannes. Madame Plourmec partit et revint avec son enfant qu'elle mena, le soir même de son retour dans sa ville natale, chez madame Danetis.

Celle-ci trouva Louise bien changée, et sentit encore s'élever dans son cœur le sentiment d'envie que jadis y avait excité le départ de la jeune fille pour le grand pensionnat de Paris. Ses manières étaient gracieuses, son langage élégant, et sa conversation un peu prétentieuse peut-être, mais ornée et savante. Enfin, elle fit présent à Marie d'une aquarelle charmante qu'elle avait peinte, et le soir elle joua, sur le piano que lui avait loué sa mère, un morceau d'une grande difficulté et dont l'exécution brillante ne laissait rien à désirer.

Madame Plourmec embrassa sa fille avec orgueil; madame Danetis jeta les yeux sur Marie et soupira, car Marie était encore presque un enfant timide, un peu gauche et sans talent.

Au bout de trois années, Louise et Marie devinrent des jeunes filles à marier; on citait dans la ville de Vannes dix jeunes gens qui recherchaient avec empressement la main de la seconde, et personne ne songeait à la première. En province, et surtout à Vannes, on ne possède que de très-petites fortunes; or la recherche que Louise apportait.à sa toilette, le temps qu'elle passait à faire de la musique, et surtout sa grande réputation d'éducation supérieure, effarouchèrent tous ces bons et simples jeunes hommes qui voulaient, avant tout, trouver dans leur femme un commis pour leur magasin et une ménagère pour leur intérieur.

Cependant Marie ne se mariait pas plus que Louise ; elle se trouvait si heureuse près de sa mère qu'elle ne pouvait se résoudre à la quitter encore ; M. et madame Danetis ne la contrariaient pas dans ce projet.

— Elle est si jeune ! se disaient-ils.

Elle attendit donc trois ans, au bout desquels un riche fabricant de Rennes, M. Laurenton, amené par ses affaires à Vannes, vint rendre visite à son correspondant, M. Danetis, pour lequel il professait une estime profonde, grâce à la probité et à l'intelligence qu'il avait reconnues dans le père de Marie. Le négociant vit la jeune fille et fut charmé de sa beauté naïve, de sa grâce naturelle, de sa simplicité de caractère et de son entente pour l'économie et la conduite du ménage. Il revint plusieurs fois chez M. Danetis, il se plut à causer avec Marie, et un soir, après un long entretien, il lui demanda :

— Marie, voulez vous devenir ma belle-fille ? J'ai un fils plus âgé que vous de huit ans ; je vais lui écrire de venir me rejoindre... S'il vous plaît et que votre père y consente, nous ferons la noce dans un mois.

— C'est à ma mère à vous répondre, monsieur dit Marie toute rouge, et qui alla se cacher dans le sein de sa mère éperdue de joie ; car le vieux négociant était non-seulement riche, mais encore vénéré dans le pays pour son noble caractère et sa haute position sociale. Député, membre du conseil général du département, il avait rendu d'importants services à son pays ; et telle était l'évidence de son honorable conduite que chacun, chose rare en province, s'accordait à lui rendre justice.

CHAPITRE IV.

SUITE DU PRÉCÉDENT.

Vous pouvez vous figurer la sensation que produisit dans Vannes l'annonce d'un si brillant parti pour Marie ; personne ne voulait y croire, et force fut à chacun de se rendre à l'évidence, lorsqu'on vit arriver le fils de M. Laurenton, et surtout lorsque l'affiche de la mairie et le prône de l'église annoncèrent officiellement cette merveilleuse nouvelle. Madame Danetis nageait dans la joie, et madame Plourmec, quoique une pensée triste, injuste, serrât secrètement son cœur, vint complimenter Marie et sa mère, avec Louise, qui, trop bonne pour être jalouse, applaudit sincèrement au bonheur de son amie.

Quelques jours après la noce, la fille de madame Danetis partit avec son beau-père et son mari pour Rennes, où on lui remit sur-le-champ la direction de l'intérieur de la maison ; car veuf et occupé d'affaires importantes, M. Laurenton ne pouvait en aucune manière s'occuper de détails domestiques, non plus que son fils, tout entier à de graves intérêts commerciaux.

Pendant que la fortune souriait de la sorte à Marie et que la Providence faisait de l'humble petite marchande une grande dame, la pauvre Louise perdait son père, et avec lui le peu d'aisance qu'elle devait au travail de cet homme infatigable.

Après un coup si terrible pour madame Plourmec et pour sa fille, car la mort de M. Plourmec les laissait sans fortune, sans ressources, et en quelque sorte sans moyen de s'en créer, madame Plourmec, qui naguère jouissait d'une honnête aisance, dut se résigner à se faire lingère. Il ne resta point non plus d'autre parti à prendre à Louise, quoique celle-ci se fût d'abord résolue à vivre de ses talents et à donner des leçons de musique et de dessin. Mais il y a une différence immense entre la manière incomplète dont on apprend ces deux arts dans un pensionnat et ce qu'il faut savoir pour l'enseigner aux autres. Quand Louise en vint à vouloir réaliser son courageux projet, elle fut surprise de reconnaître qu'elle ne possédait que des notions insuffisantes, et tout son savoir pouvait à peine lui permettre de professer les premiers éléments de la musique et du dessin. Car entre le talent d'un amateur et celui d'un professeur, la distance est immense.

Astreinte à des leçons pleines d'ennui et mal rétribuées, Louise finit donc par y renoncer, et même s'astreignit aux travaux d'aiguille que la nécessité imposait à sa mère. Elle ne se plaignait pas, elle ne pleurait pas ; mais combien on la voyait souffrir dans sa résignation douloureuse ! Avec quel désespoir elle comparait son existence présente avec le sort dont jouissaient ses compagnes de pension ! « Oh ! se disait-elle, pourquoi n'ai-je point contracté dès mon enfance l'habitude de la pauvreté et du travail ? Pourquoi, dans mes rêves insensés, ai-je pris jadis des habitudes d'aisance et de bien-être dont la privation m'est si douloureuse aujourd'hui ? Ma mère ! ma mère, que votre tendresse aveugle m'a été funeste ! »

Comme la pauvreté et la gêne des deux infortunées augmentaient chaque jour davantage, elles prirent la résolution de quitter Vannes, afin de dérober aux regards de ceux qui les avaient connues heureuses les privations qu'elles étaient obligées de s'imposer. Ce fut Nantes qu'elles choisirent pour refuge. Un matin donc, au point du jour, chargées du peu de linge et d'effets que la nécessité ne les avait point obligées à vendre, elles partirent de pied et se dirigèrent vers cette ville.

Hélas ! la fatigue et la douleur vainquirent à mi-chemin la force et le courage de Louise. Les pieds ensanglantés, brûlée par la fièvre, elle s'évanouit dans les bras de sa mère, au milieu de la route.

En ce moment, une riche calèche traversait le chemin, entraînant avec rapidité une jeune femme élégamment parée, et qui s'appuyait avec bonheur sur le bras d'un jeune homme, son mari. Deux autres personnes étaient placées vis-à-vis d'elle; c'étaient le général commandant la division et le préfet du département. La jeune dame conversait avec eux, et déployait un bon sens et une gaieté qui, certes, ne manquaient pas de charmes; on aurait dit qu'elle avait toujours occupé la brillante position sociale dans laquelle elle vivait aujourd'hui... Et cependant c'était Marie! Marie, la fille du marchand de Vannes, qui s'était formée promptement pour sa nouvelle position, avec ce tact merveilleux que possèdent les femmes.

A la vue de l'infortunée qui gisait sur la grande route, Marie fit arrêter sa voiture, descendit elle-même pour secourir la malade, et jeta des cris de terreur en reconnaissant Louise et sa mère. Sans vouloir continuer sa promenade, et avec un petit ton d'autorité qui lui seyait à ravir, elle déclara qu'elle comptait retourner sur-le-champ au château; chacune des personnes qui l'accompagnaient s'empressa de condescendre à ce désir. On transporta donc Louise dans une charmante maison de campagne peu éloignée. Là, les soins de Marie parvinrent à ranimer bientôt Louise, qui ne reconnut point d'abord son ancienne amie, car Marie n'était plus la même, je vous l'ai dit; elle avait tout à fait dépouillé les manières gauches et timides de la jeune fille pour les manières de la grande dame.

— Oh! Marie, lui dit Louise en lui prenant les mains, oh! que nos éducations ont été bien différentes, et pourquoi n'ai-je point été élevée de la même manière que toi! La pauvreté me serait facile aujourd'hui, comme le luxe t'est facile, tandis que je souffre tant!

— Mais tu ne souffriras plus, car tu ne me quitteras plus, répliqua Marie en l'embrassant.

Et elle tint sa parole; Louise est aujourd'hui, grâce à Marie, la femme du premier commis de M. Laurenton.

Est-elle heureuse? Oui. Mais ne le serait-elle pas plus encore si son éducation ne l'eût point bercée dans son enfance de rêves brillants qu'une douce médiocrité ne pourrait réaliser?

Et que serait-ce, si le hasard, ou, ne blasphémons pas, la Providence n'eût pris ses douleurs en pitié et ne l'eût pas arrachée à la misère? Que serait-il advenu s'il lui eût fallu lutter plus longtemps contre la faim et le désespoir? L'éducation la plus sage est celle qui repose sur des bases solides et simples. Le luxe et l'élégance sont choses faciles à apprendre; mais ce que l'on n'apprend point, si l'on n'y a été façonné depuis l'enfance, c'est l'amour d'une vie paisible et simple, le goût du travail, et la résignation aux volontés de la Providence.

FIN.

LE NÈGRE FIDÈLE

En 1832, il y avait au coin de la rue de la Bûcherie, une maison que l'on a démolie depuis pour la rebâtir, et qui présentait aux curieux, avant cet acte de vandalisme, une des plus précieuses reliques du seizième siècle. Cette maison ciselée, parée et festonnée des astragales de la renaissance, n'avait que trois étages. Encore faut-il hésiter donner un pareil titre au grenier dont les deux étroites fenêtres s'ouvraient, fraternellement et côte à côte, dans l'angle étroit d'un pignon pointu.

La maison dont je vous parle se trouvait habitée, au rez-de-chaussée, par un marchand de vin, comme il résultait, pour tous les passants, de la peinture rouge appliquée, à couches généreuses, sur les murailles. Dans un recoin de la boutique, une marchande de pommes de terre frites s'était ménagé une sorte de petite niche, large de deux pieds, profonde de trois, et haute de cinq. Assise sur un tabouret en paille, devant son réchaud, elle maniait la poêle avec dextérité, et ne se levait jamais de son siége. Comme les statues égyptiennes, elle était condamnée à rester constamment sur ce siége, sous peine de se briser la tête contre la voûte.

Un large et magnifique tableau, peint sur toile, s'il vous plaît, et par un artiste dont on paie aujourd'hui à prix d'or les moindres croquis, s'étalait victorieusement au-dessus de la boutique jumelle, entre les panneaux des fenêtres du premier étage. Ledit tableau représentait un jeune soldat triomphant à lui seul de trois Bédouins, tandis qu'un escadron tout entier de ces drôles prenait la fuite dans les seconds plans de l'œuvre magistrale. On ne pouvait donner à entendre, d'une manière plus concluante, combien la victoire était facile, et la gloire sanc danger. Aussi plus d'un jeune ouvrier s'était laissé prendre à la poésie de cette enseigne alléchante, et avait répondu à l'appel inscrit en lettres d'or sous la mirobolante peinture : *On demande un remplaçant.*

Le second étage était divisé en cinq petites cellules, tout au plus assez larges pour contenir un lit, une table et une chaise. Elles avaient pour hôtes : un cordonnier qui fabriquait des bottes à seize francs la paire, une vieille lingère qui allait travailler en journée, et trois étudiants, joyeux garçons qui étudiaient peu le code, fréquentaient encore moins les cours de droit, mais en revanche consommaient une énorme quantité de cigares, et faisaient régulièrement des promenades au jardin du Luxembourg. Les deux chambres ménagées dans le pignon étaient habitées par un vieux nègre et par un jeune homme.

Le jeune homme se trouvait un sujet de curiosité et de conjectures pour tous les autres habitants de la maison, excepté toutefois pour son voisin l'Africain, personnage peu soucieux d'espionnage. Souvent des conférences à ce sujet s'étaient établies entre les étudiants, l'enrôleur, le marchand de vin et la friturière. Le jeune homme sortait tous les matins à sept heures, et l'on avait appris, en le suivant de loin, qu'il se rendait dans une imprimerie du voisinage d'où il ne partait que vers cinq heures pour rentrer chez lui. On pouvait donc conclure de là qu'il exerçait la profession d'ouvrier imprimeur.

Mais ce qui atténuait cette opinion jusqu'à l'invraisemblance, c'est que, le soir, le jeune homme, en toilette élégante, descendait de son grenier, montait d'ordinaire dans une voiture de place, et ne revenait que fort avant dans la nuit. Du reste, il ne parlait à personne et évitait soigneusement tout ce qui aurait pu établir des relations entre lui et ses voisins. S'il les rencontrait dans l'escalier, il répondait, aux paroles qu'ils lui adressaient, par un salut froid et par quelques sobres paroles, pleines de réserve et dignes d'un trappiste.

Un soir, cependant, il sortit de ces habitudes muettes et négatives. Les étudiants avaient jugé à propos de tendre une corde dans l'escalier afin de faire trébucher le vieux nègre quand il rentrerait. Le recruteur avait trouvé la plaisanterie excellente et s'était associé au complot. Le jeune homme rentra au moment où l'on disposait les préparatifs de ce guet-apens. En quelques mots polis mais énergiques, il témoigna l'intention formelle de s'opposer à cette mauvaise plaisanterie dont il démontra les dangers. Comme on ne se rendait point à ses représentations, il déclara qu'il attendrait le retour du nègre pour le prévenir du piége qu'on lui préparait ; il le fit en effet, malgré les airs fanfarons de l'acheteur d'hommes et le mécontentement des étudiants.

Le noir ne tarda point à rentrer ; il comprit, du premier coup d'œil et d'après les préparatifs de ses persécuteurs, à quel danger il avait échappé. Il remercia affectueusement le jeune homme ; celui-ci reçut, avec sa réserve habituelle, l'expression de la reconnaissance du vieillard, et alla se renfermer dans son grenier.

Vous pouvez juger si une pareille conduite amassa des haines contre le jeune homme, et rendit les persécuteurs du nègre plus acharnés contre la victime qui leur avait échappé. Dieu sait à quelles extrémités ils se seraient portés, sans un incident qui vint tout à coup opérer une péripétie dans les habitudes de la maison et changer les choses de face. A la suite d'une querelle survenue dans un café, deux des étudiants rentrèrent blessés gravement.

Leur ami s'établit leur garde malade et leur donna tous les soins possibles. Mais bientôt ses forces s'épuisèrent et sa bourse devint vide. Il eut recours au racoleur ; le racoleur déclara qu'il manquait lui-même d'argent, et ne monta plus chez les malades ; le marchand de vin se lassa de faire crédit, et la friturière rappela deux fois à ses débiteurs qu'elle n'avait rien reçu d'eux depuis quinze jours.

La nouvelle de cette détresse ne tarda point à se répandre dans la petite république : un soir, deux personnes se trouvèrent à la fois devant la porte des blessés : c'étaient le jeune homme et le nègre ; ils venaient offrir leurs services aux pauvres jeunes gens.

Le jeune homme, que nous nommerons Samuel, s'il vous plaît, laissa sur la table une somme assez ronde ; le nègre s'installa dans l'appartement et se mit à remplir les fonctions de garde-malade et de domestique avec un zèle et une intelligence remarquables.

Il savait, de sa main noire, soulever doucement et sans douleur une tête appesantie par la fièvre ; un habile chirurgien n'aurait pas mis, à panser une plaie, plus de dextérité et de savoir-faire; enfin, jamais le logis des jeunes gens n'avait brillé de tant d'ordre et de propreté.

Grâce à une pareille amélioration dans leur manière de vivre, les malades ne tardèrent point à entrer en convalescence. Alors le vieux noir révéla un talent que l'on n'avait point jusqu'alors soupçonné en lui. Il couvrit ses cheveux d'un bonnet de coton, ceignit un tablier blanc et se mit à préparer de petits repas friands et combinés avec un art qui satisfaisait délicieusement l'appétit, sans charger l'estomac, et sans exposer au moindre danger la santé encore délicate des jeunes gens.

Ce fut le vieux nègre qui les aida à descendre de leur second étage, qui les dirigea dans leur première promenade, et qui les surveilla durant cette excursion comme l'eût fait un père.

Un mois s'était à peine écoulé qu'ils se trouvèrent parfaitement guéris.

Je vous laisse à penser la reconnaissance des étourdis pour le vieillard, et avec quelle amertume ils regrettaient les persécutions qu'ils avaient dirigées contre ce brave homme. Quand ils lui parlaient de leurs regrets, il souriait avec bonté, haussait les épaules, disait qu'il fallait bien passer quelque chose à la jeunesse, et leur fermait la bouche par une joviale plaisanterie.

Depuis ce jour, le vieux nègre devint, dans la maison de la rue de la Bûcherie, un personnage d'aussi grande importance qu'il avait été jusque-là un paria, objet de sarcasme et de mauvais tours.

Le marchand de vin lui serrait la main, la marchande de friture ne manquait jamais de lui offrir une prise de tabac, la couturière lui faisait ses plus belles révérences, le racoleur le saluait militairement et l'appelait : « mon brave; » enfin le jeune homme mystérieux lui témoignait une attention qu'il n'accordait à personne, soit réserve, soit distraction.

Peu à peu même, il finit par se lier intimement avec le nègre, et par éprouver pour lui une véritable amitié. Cependant le noir n'était qu'un cuisinier obscur, et allait, dans les moments d'urgence et de foule, donner ses soins et son travail dans quelques restaurants de Paris.

Un soir, le jeune homme, après son retour de l'imprimerie, sortit en voiture suivant son habitude, et ce fut devant la porte d'un ministre que cette voiture s'arrêta. Jugez de sa surprise! En entrant dans le salon, il aperçut le nègre son voisin. Le digne Africain ne paraissait pas le moins du monde embarrassé de se trouver au milieu de la société la plus élégante de Paris. On l'entourait avec respect et on lui témoignait un intérêt évident. Il répondait à toutes les questions simplement, avec candeur, sans orgueil, sans ostentation, avec la naïveté d'un enfant.

— Quel est donc cet homme et comment se trouve-t-il chez le ministre? demanda Samuel.

— Vous l'ignorez? répondit le ministre lui-même. Mais vous êtes donc étranger aux événements les plus retentissants?

4.

Ce nègre est le héros du jour ; aujourd'hui, son nom a été salué au milieu des applaudissements de deux mille spectateurs ; demain les journaux le répéteront avec d'unanimes éloges. Il se nomme Eustache Belin ; tout à l'heure, l'Académie française lui a décerné le grand prix Montyon.

Asseyez-vous là, je vais vous conter son histoire.

Eustache est né en 1773, sur l'habitation de M. Belin de Villeneuve, un des propriétaires les plus recommandables de la partie nord de Saint-Domingue. Dès son enfance, il évitait la société des jeunes nègres, et recherchait avec empressement celle des blancs, non pas par un instinct de servilité, mais dans l'espoir de développer son intelligence Ces dispositions engagèrent son maître à le placer au service des économes (on appelait ainsi les blancs attachés à la sucrerie). Il s'y conduisit d'une manière si irréprochable, que jamais, chose inouïe ! la plus légère punition ne lui fut infligée. Pendant qu'il habituait ainsi ses maîtres à une douceur peu ordinaire, il acquérait de jour en jour sur tous les nègres de son atelier, et même des ateliers voisins, l'influence d'une intelligence supérieure ; ce dont jamais il ne se montrait orgueilleux.

Pendant un voyage de M. Belin en Europe éclatèrent les premiers symptômes de la révolution de Saint-Domingue. Eustache avait à cette époque dix-huit à vingt ans. Alors commença pour ui cette vie de dévouement, résumée tout entière dans ces mots d'un célèbre phrénologiste auquel je l'ai conduit dernièrement, et qui, sans le connaître, l'a défini ainsi, d'après l'examen de son crâne : « *La ruse et le courage au service de la bonté et de l'intelligence.* » Les nègres révoltés, dont Eusache possédait le respect et la confiance, ne lui cachaient rien de leurs projets : il était admis dans ous leurs conciliabules et en profitait pour avertir es colons des dangers qui les menaçaient.

Ce noble espionnage sauva la vie à plus de quatre cents blancs, qui eurent le temps de se réunir à l'embarcadère, de s'y fortifier, et de se mettre ainsi à l'abri d'un coup de main Bientôt après, la révolte du nord de l'île s'apaisa presque entièrement, soit que les nègres eussent ajourné leurs desseins, soit qu'ils eussent obéi aux mains invisibles qui, de loin, les dirigeaient. Cependant, quoiqu'un grand nombre d'esclaves fussent rentrés sous l'autorité de leurs maîtres, les blancs, pour plus de sûreté, se retiraient la nuit dans les camps qu'ils avaient établis, et où ils étaient mieux protégés par la vigilance d'Eustache que par leurs retranchements.

Sur ces entrefaites, M. Belin revint à Saint-Domingue. Son nègre fidèle, qui s'était fait, en son absence, autant de maîtres qu'il y avait de malheureux à défendre, le revit avec bonheur ; mais, craignant pour sa santé le séjour des camps, il l'engagea à séjourner sur sa sucrerie, où il avait pris la précaution de ramasser des munitions et d'armer de fusils, achetés à ses frais, les nègres dont le dévouement lui était assuré. M. Belin jouit ainsi d'une sécurité inconnue à tous les autres propriétaires, et, grâce à Eustache, ce fut sa sucrerie qui se releva la première, après les troubles de l'île.

La proclamation de Santonax et Polverel, envoyés de la Convention, ne tarda pas à rallumer la révolte.

La liberté qu'elle accordait à tous les nègres, c'était la liberté du meurtre et du pillage, surtout la liberté de la vengeance. L'insurrection se déchaîna alors dans toute sa rage, et, peu de temps après, à la nouvelle de l'incendie du Cap, Pitt put dire en se frottant les mains : « *Voilà les Français qui vont prendre leur café au caramel.* » Eustache ne crut plus son maître en sûreté à la sucrerie ; il le cacha au fond des bois et le confia à quelques nègres qui devaient pourvoir à sa subsistance.

M. Belin était maire du Limbé ; comme tel, il fut requis par les commissaires de la Convention de fournir au général Lasalle, qui se rendait au Cap avec sa femme, une voiture et des chevaux. Que faire ? Quitter sa retraite, c'était courir au-devant d'une mort assurée. Le génie d'Eustache ne l'abandonne pas ; il va trouver Polverel et Santonax, leur annonce que son maître s'est enfui, qu'on ignore ce qu'il est devenu ; mais que lui est prêt à obéir à leur réquisition. Il détourne ainsi l'attention du malheureux M. Belin, reçoit avec une sublime hypocrisie les éloges des commissaires, et conduit lui-même, en postillon, le général Lasalle et sa femme. En revenant au Limbé, il rencontre une famille tout entière qui fuyait l'incendie du Cap; ils étaient cinq : le père, la mère et trois petits enfants; Eustache les recueille dans la voiture et les sauve tous.

Enfin, une occasion propice s'offrit de dérober son maître à tous les dangers qui l'entouraient. Un navire américain venait de mouiller au Limbé. Eustache se rend près du capitaine, fait ses arrangements avec lui pour le passage de M. Belin, et parvient, moitié le traînant, moitié le portant, à conduire de nuit à bord du vaisseau celui dont tant de fois il avait déjà sauvé la vie. Ce n'était rien encore. M. Belin était dans le dénûment le plus complet : il fallait pourvoir à ses besoins. Eustache court à la sucrerie, rassemble les nègres de l'atelier, leur parle avec l'éloquence du cœur, et sur cinq cents qu'ils étaient, il en détermine trois cent soixante-cinq à apporter au vaisseau chacun un pain de sucre blanc pesant soixante livres; quand M. Belin remercie, avec des larmes, cet ange de dévouement, Eustache ne répond qu'en lui demandant à genoux la permission de le suivre, et de le servir pendant tout le reste de sa vie.

Deux jours de navigation ne s'étaient pas encore écoulés, que le bâtiment américain est abordé et pris par trois corsaires anglais. Comment peindre le désespoir d'Eustache? Son maître prisonnier, son maître dépouillé de ces ressources qu'il a eu tant de peine à lui ménager ! Il ne se laisse pas abattre.

Eustache n'est pas seulement le plus vertueux des hommes, c'est encore un cuisinier fort habile; il compte avec raison sur son talent culinaire pour se concilier les bonnes grâces des trois chefs de prise. Au bout de quelques jours il était devenu leur favori; a chaque repas, c'était un plat nouveau, une nouvelle surprise gastronomique qu'il leur offrait. A l'ennui de la traversée avait succédé, pour les dignes gentlemen, la crainte d'arriver trop vite aux Bermudes. Tout en les égayant par sa jovialité, il leur parlait de M. Belin, et de l'espérance qu'ils ne se refuseraient pas à recommander un si brave homme à la générosité de l'armateur des corsaires. De plus, Eustache était devenu conspirateur; il préparait la délivrance de son maître. Il était parvenu à triompher des hésitations du capitaine américain, à l'enflammer de son propre courage; il n'attendait plus qu'une occasion.

Un jour que les chefs de prise avaient mieux dîné et mieux bu encore qu'à l'ordinaire, tout à coup ils voient fondre sur eux Eustache, armé d'un sabre; le capitaine Burnett, d'une espingole, et un passager, d'un pistolet. L'un d'eux se lève et veut appeler main-forte: mais Eustache, d'un revers, lui abat le bras; les deux autres demandent la vie. Pendant cette lutte d'un moment, les passagers s'emparent des matelots anglais, et le capitaine Burnett conduit à Baltimore, lieu de sa destination, son propre vaisseau et les trois prises d'Eustache.

A Baltimore, M. Belin et son sauveur trouvèrent

une foule de malheureux habitants de Saint-Domingue, qui, naguère opulents, s'y étaient réfugiés presque nus, et que la générosité seule des habitants empêchait de mourir de faim. Eustache était heureux d'avoir mis son maître à l'abri de la misère et de l'aumône; les trois cent soixante-cinq pains de sucre s'étaient bien vendus, et M. Belin jouissait d'une sorte d'aisance. Mais ce bonheur était continuellement empoisonné par la misère dans laquelle le nègre voyait plongé tant d'anciens amis de son maître. Le besoin de les secourir fournit à son industrieuse activité l'idée d'un petit commerce dont il ne manquait pas, un seul jour, d'apporter le produit aux plus nécessiteux de ces riches de la veille, dont le pauvre esclave était devenu la providence.

Cependant, vers le commencement de l'année 1794, Saint-Domingue parut reprendre un aspect d'ordre et de tranquilité. Les Espagnols occupaient le fort Dauphin; les Anglais tenaient le môle Saint-Nicolas, la dépendance de Jérémie, le Port-au-Prince et quelques points de la partie ouest de l'île. Près d'une centaine d'anciens habitants de cette colonie s'empressèrent de quitter le lieu de leur exil, et frétèrent un vaisseau qui devait les conduire au fort Dauphin. Il est presque inutile de dire que, pendant la traversée, Eustache se mit au service de tout le monde, et qu'il se fit cuisinier des passagers. Mais, à peine débarqués, ces malheureux apprennent qu'une armée de vingt mille révoltés, commandée par le nègre Jean-François, campe sur les hauteurs, à peu de distance de la ville. Le fort Dauphin contenait une population de plus de six cents blancs, qui, armés et soutenus par la garnison espagnole, eussent pu tenir en échec les bandes de Jean-François : le commandant de la garnison leur refusa impitoyablement des armes.

Dès que les nègres surent qu'ils avaient ainsi des complices dans les Espagnols, ils se précipitèrent sur le fort Dauphin, et la, à la vue de trois mille soldats, l'arme au bras, plus de cinq cents blancs furent lâchement massacrés. M. Belin, entraîné dans la foule des victimes qui fuyaient, et séparé de son ami, ne dut son salut qu'à la protection d'un capitaine espagnol, dont il se fit reconnaître. Eustache le chercha longtemps ; mais tous ses efforts pour le retrouver demeurant inutiles, et pensant qu'un jour son maître pouvait lui être rendu, il songea à mettre à l'abri du pillage les effets appartenant à ce dernier. Pour y réussir il alla prier la femme de Jean-François, dont il était connu, de vouloir bien recevoir chez elle les effets que, dit-il, M. Belin lui avait légué verbalement en recevant la mort. Cette femme, alors malade, y consenti, et une heure après les malles de M. Belin et une caisse pesante remplie d'argenterie étaient en sûreté.

Alors Eustache va parcourir le vaste champ de carnage, où peut-être il doit retrouver son maître !

Il retourne tous ces cadavres dépouillés, tremblant de reconnaître celui qu'il cherche, dans les traits de l'un d'eux ; grâce à Dieu, cette douloureuse recherche est inutile. Au fort espagnol, il apprend bientôt que M. Belin est parvenu à se sauver, et qu'il a pu s'embarquer sur une chaloupe pour le Môle Saint-Nicolas, occupé par les Anglais. Eustache ne songe plus qu'à le rejoindre ; mais il faut retirer des mains de la femme de Jean-François un dépôt que peut-être elle ne rendra pas sans peine : il s'établit près d'elle comme garde-malade, ne paraît préoccupé que du soin de la guérir, et une nuit, pendant son sommeil, il enlève, à l'aide de quelques nègres ses amis, les quatre malles et la caisse qui composaient la seule fortune de son maître.

L'arrivée d'Eustache au Môle fut célébrée comme une fête. M. Belin y avait répandu le bruit de son héroïque dévouement : aussi les habitants s'empressèrent-ils d'aller à sa rencontre. On lui fit cortége, on le porta en triomphe, on l'entoura de tous les hommages de l'admiration et de la reconnaissance. C'est là que lui fut réellement décernée cette couronne de la vertu, que plus tard l'Académie française devait poser sur les cheveux blancs d'Eustache. M. Belin séjourna un peu de temps au Môle : les troupes anglaises occupaient le Port-au-Prince, qui resta le siége du gouvernement ; il s'y rendit, et fut sur-le-champ nommé, par le gouvernement, président du conseil privé.

Eustache, rendu ainsi à la vie domestique, ne s'occupa plus que de mettre son maître à même de tenir une maison conforme à sa nouvelle dignité. M. Belin, habitué à l'opulence, put facilement ignorer que cette honorable aisance dont l'entourait Eustache était en partie le fruit de son travail de chaque jour. Il faut pardonner aux riches la tiédeur de leur reconnaissance; d'ailleurs, M. Belin avait contracté envers son nègre une dette trop immense pour jamais l'acquiter entièrement. Il l'affranchit quelque temps après; dans les idées des colons, c'était beaucoup faire pour un esclave; mais pour Eustache ce n'était qu'une pure formalité qui ne devait rien changer ni à son dévouement, ni à sa mission sur la terre. La destinée de ces hommes-là ne dépend pas des lois humaines.

Un jour, M. Belin regrettait devant Eustache de ne pas lui avoir fait apprendre à lire : sentant sa vue s'affaiblir, il eût été heureux que le nègre fût devenu son lecteur, et pût tromper ainsi l'ennui de ses longues insomnies. Sans en rien dire à son maître, le bon nègre s'arrange avec un instituteur. Comme il ne faut pas que son service souffre de ses études, il va prendre ses leçons à quatre heure du matin; trois mois après, il arrive radieux près de son maître, un journal à la main, et le lui lit tout aussi couramment que vous eussiez pu le faire. N'est-ce pas là un prodige de volonté, de persévérance, et en même temps une des plus ingénieuses tendresses que puisse inventer même un cœur de femme?

Quand Toussaint-Louverture, devenu chef suprême de Saint-Demingue, y rappela les anciens propriétaires, en leur garantissant leur sûreté, Eustache et son maître furent de ceux qui se confièrent dans ses promesses. Bientôt M. Belin fut remis en possession de sa sucrerie. Il y vivait paisiblement, lorsque l'expédition du général Leclerc vint détruire l'ouvrage de Toussaint, remettre aux mains des nègres la torche et le poignard, et consommer la ruine de la colonie. Eustache sauva, une dernière fois, la vie de son maître lors de l'entrée des troupes françaises au Cap; mais M. Belin, devenu aveugle, mourut dans les bras de son fidèle serviteur. Il l'avait institué légataire de tout ce qu'il possédait en argent comptant, en meubles, en effets, en linge, et lui avait fait don d'une créance de douze mille francs et d'une rente anuelle de deux mille quatre cent francs, à prélever sur le produit de ses propriétés : Eustache ne toucha jamais cette rente.

Désolé de la mort de celui qu'il avait tant aimé, ne trouva d'autre consolation à sa douleur que de faire au Cap ce qu'il avait fait à Baltimore. Il y avait tant d'infortunés à soulager! Aux uns, il allait ouvrir la bourse que lui avait laissée son maître; aux autres, il distribuait des chemises, du linge, des habits, des meubles; il mettait à ses frais des enfants en nourrice, il secourait des soldats dont la paie était arriérée; enfin, quand il n'eut plus rien à lui, il s'offrit comme domestique au général

Rochambeau, passa en Angleterre, et de là se rendit en France.

Depuis 1812 qu'Eustache est arrivé à Paris, il n'a pas laissé passer un jour sans le marquer par quelque trait de dévouement à l'humanité; on dirait qu'il fait le bien comme d'autres respirent. Il apprend, par exemple, qu'une pauvre paysanne de Piffon (Yonne) devenue veuve avec quatre enfants en bas âge, n'a pas d'autre moyen de pourvoir à son existance et à celle de sa famille que de couper de l'herbe pour les bestiaux. Il va la trouver, lui donne de quoi habiller ses enfants, prend l'aîné, le met à ses frais en apprentissage, et lui achète les ustensiles nécessaires à l'état qu'il lui a donné. Depuis, cet enfant est devenu le soutien de sa famille entière. Une autre fois, sachant ses maitres dans l'impuissance de secourir un de leurs amis malade et pauvre, qu'ils avaient perdu de vue depuis longtemps, il consacre à cette bonne œuvre, et dans le plus grand secret, tout l'argent qu'il peut gagner en s'employant dans de riches maisons comme chef d'office (car depuis qu'il savait ses maîtres gênés, il n'était plus question pour lui de songer même à ses gages.) Il parvient ainsi à soutenir pendant près d'un an le malheureux, auquel il laisse constamment croire que tous ses bienfaits viennent de ses maitres, et ce mensonge ne se découvre que le jour où guéri, grâce aux soins d'Eustache, le convalescent vient remercier ses amis de leur longue et généreuse assistance.

Eh bien! que dites-vous de ce récit?

— Je dis que je pourrais ajouter à des détails si touchants d'autres détails non moins dignes d'intérêt et d'admiration, ajouta le jeune homme qui, les larmes aux yeux, alla serrer la main du noir.

Il conta ensuite l'histoire du nègre, des trois jeunes gens et de l'ouvrier imprimeur.

— Comment savez-vous tout cela? demanda le ministre?

— C'est que je suis l'ouvrier imprimeur, répondit Samuel en souriant.

— Vous, monsieur?

— Moi-même, répondit-il. J'emploie une partie de ma journée à *composer* du grec dans une imprimerie, le soir je visite Votre Excellence et quelques personnes qui m'honorent, comme elle, de leur amitié; enfin, durant une partie de la nuit, je travaille et j'écris pour tâcher de me conquérir un peu de talent et de renommée littéraires.

Samuel a-t-il enfin obtenu ce peu de talent et de renommée, objet de tous ses vœux? C'est à ses lecteurs à en décider.

FIN

MARIANNE CHIMOT

La maison de Maître Capron, vieux célibataire retiré du commerce de la pharmacie depuis quarante ans, était, comme il aimait à le dire avec une sorte d'orgueil, la maison la mieux tenue de tout Cambrai.

C'est que la maison de M. Capron se trouvait régie par le type le plus parfait des gouvernantes, par la vieille Marianne Chimot.

Presque aussi vieille que son maître septuagénaire, la digne fille n'en conservait pas moins cette verdeur active et ce besoin de nettoyage perpétuel, innés je crois chez les Flamandes. Il fallait la voir, dès le point du jour, les bras nus jusques aux coudes, un balai dans une main et un seau d'eau dans l'autre, laver à grandes ondées les appartements dallés en carreaux de terre cuite, et leur rendre leur éclat rouge et primitif. Par cette opération,

Marianne Chimot apportait, il faut en faire l'aveu, beaucoup d'humidité dans la maison, mais en revanche, elle obligeait les visiteurs à s'essuyer trois ou quatre fois les pieds sur les paillassons étalés au seuil de chaque pièce ; et s'ils omettaient ces préliminaires importants, elle se trouvait en droit de leur dire, avec plus ou moins de politesse, suivant leur condition plus ou moins élevée : Essuyez vos pieds, s'il vous plaît.

Après les dalles de terre cuite, venaient les meubles, que l'infatigable Marianne nettoyait, frottait, cirait, caressait et rendait luisants à donner envie de s'y mirer. Puis, une fois les rideaux des fenêtres secoués et remis dans leurs plis, une fois les poëles allumés, une fois les tapis replacés, une fois tout en ordre, Marianne croisait les bras, et jetait autour d'elle un regard à la fois inquisiteur et satisfait. Après s'être bien convaincue que rien n'apportait de désharmonie à l'ordre scrupuleux de la maison, elle se complaisait quelque temps dans son œuvre, et puis elle s'arrachait à une si douce contemplation, et montait dans sa petite mansarde pour y faire sa toilette à elle-même.

Un quart d'heure après, Marianne descendait vêtue d'une jupe éblouissante de fraîcheur et de propreté : un bonnet de fine batiste, plissé à petits plis, couvrait ses cheveux soigneusement poudrés, et elle se mettait incontinent à préparer le chocolat qui formait chaque matin le déjeuner de M. Capron.

Neuf heures sonnaient d'ordinaire à l'horloge de

la ville, lorsque Marianne, la tasse de chocolat à la main, entrait dans la chambre à coucher de son maître.

— Bonjour, monsieur Capron, avez-vous bien passé la nuit? disait-elle, de ce ton joyeux d'une personne satisfaite d'elle-même, et de la besogne qu'elle a déjà terminée depuis son lever.

A ces mots, l'ex-apothicaire sortait du fond de l'oreiller où elle était ensevelie une grosse figure de bonne humeur.

— J'ai bien dormi, Marianne, fort bien dormi.

Et ses narines se dilataient aux parfums exquis du chocolat, et ses mains agitées par une douce émotion, s'étendaient en tremblant vers l'énorme tasse que lui présentait Marianne Chimot.

Pendant que le vieillard se livrait avec délices aux béatifications de son déjeuner, Marianne Chimot ouvrait les volets des fenêtres, éteignait la lampe de nuit, ranimait le feu dans la cheminée, et déposait près du lit de son maître, une robe de chambre ouatée et des pantoufles de velours cramoisi qu'elle avait elle-même brodées en or. Après avoir vidé sa tasse, et lorsque Marianne, debout près du lit, l'avait reprise de ses mains, M. Capron reposait doucement sa tête sur les triples oreillers du chevet, et poussant un gros soupir, non comme un homme qui se plaint, mais comme un homme qui respire largement après avoir mangé un peu vite :

— Quelle nouvelle dans le voisinage, Marianne? disait-il.

5.

Marianne, alors, tout en rangeant et tout en essuyant dans la chambre, racontait les cancans du quartier, dont s'amusait beaucoup le vieil apothicaire. Ces bavardages se prolongeaient ordinairement jusqu'à dix heures.

Au moment où la pendule de Boule tintait les dix coups, avec son timbre clair, Marianne ne manquait jamais de s'écrier :

— Ah! mon doux Jésus! dix heures! Et mon marché! Vite, monsieur Capron, dépêchons-nous de vous habiller, car je ne trouverai plus ni beurre ni légumes, et le poisson de mer sera *remonté* (1).

Alors le vieil apothicaire soupirait encore de nouveau, mais cette fois c'était de résignation, et comme pour protester contre la tyrannie de Marianne, qui l'obligeait si cruellement à se lever. Il ne s'en laissait pas moins passer les manches de sa robe de chambre, et enfoncer ses gros pieds dans les molles et chaudes pantoufles dont nous avons parlé tout à l'heure. Cela terminé, et comme s'il eût éprouvé bien de la fatigue, il se laissait aller dans un immense fauteuil à oreillettes, que Marianne avait charié près de la cheminée.

Après s'être bien assuré que rien ne pouvait manquer à son maître durant la courte absence qu'elle allait faire, Marianne prenait son mantelet et partait.

(1) Expression flamande qui veut dire : le poisson sera mis en vente.

Jusqu'à présent, nous n'avons vu la gouvernante de M. Capron que personnage secondaire : patience, voici qu'elle vient sur le premier plan, et qu'elle se pose dans tout son éclat et dans toute son importance. Regardez-la sortir du logis, regardez-la, un panier d'osier au bras gauche et un parapluie dans la main droite. Savez-vous où elle se rend ainsi, avec une démarche si fière, et tant de conscience de sa propre valeur ? C'est au marché aux légumes, au marché où chaque marchande connaît le nom de mademoiselle Marianne, et l'appelle par ce nom pour lui offrir des primeurs : car il n'existe dans tout Cambrai personne qui sache, comme elle, apprécier et payer au besoin de beaux légumes ou des fruits d'acabit supérieur. Elle parcourt la longue avenue des faubourgtières alignées sur un double rang qui couvre presque toute la grande place, sourit à chacune, et s'arrête dès qu'elle aperçoit quelque chose qui lui convient.

Alors, commence une lutte entre la marchande et l'acheteuse : lutte qui ressemble à celle qui s'établit entre deux joueurs d'écarté, ou bien entre deux maîtres d'escrime. La marchande propose un prix, sur lequel l'acheteuse mésoffre ; l'une fait valoir ses denrées, l'autre les déprécie, et pour un sou, pour moins quelquefois, s'élève une discussion, où chacune des antagonistes déploie plus de ruses qu'il n'en faudrait à deux diplomates avant de conclure un traité. Enfin, on se fait des concessions mutuelles, on s'accorde, et mademoiselle Marianne emporte en triomphe les légumes, objets de tant de débats.

Semblable chose se renouvelle au marché au poisson, et chez la bouchère. Enfin, grâce à Dieu, Marianne a terminé toutes ses emplettes, et à onze heures un quart, elle rentre au logis assez à temps pour écumer son pot-au-feu, qui bout avec impétuosité, et qui se trouve sur le poêle depuis sept heures du matin.

Le pot-au-feu écumé, Marianne remonte chez elle, se déshabille, reprend son costume de cuisinière, et prépare le dîner de son maître.

Pendant ce temps-là, M. Capron, les pieds appuyés sur les chenets, lit un traité de pharmacie, et interrompt de temps à autre sa lecture, pour humer les vapeurs béatifiantes qui s'échappent de la cuisine et parviennent jusqu'à sa chambre. Dans ces émanations vagues, il croit reconnaître, grâce à son odorat expérimenté, le fumet d'un perdreau qui rôtit, ou les parfums d'un brochet qui se cuit dans un court-bouillon savamment épicé. Cette friture qui frissonne, c'est une sole épaisse dont la chair blanche et ferme procurera le mets le plus exquis... Marianne prend les moules à pâtisserie, qui résonnent en se heurtant : Oh ! c'est qu'elle va sans doute façonner de ces gâteaux aux raisins de Corinthe, dont elle seule possède la préparation au suprême degré !... Peut-être même est-ce un nougat qu'elle projette... — Marianne ! Marianne !

Marianne lève les casseroles pour que, durant sa

courte absence, le feu ne happe point trop vivement les préparations gastronomiques; puis d'un saut, elle arrive dans la chambre de son maître.

— Marianne, mon enfant, qu'avons-nous à dîner?

— Oh! quelque chose de bien bon, monsieur Capron, répond Marianne avec orgueil.

D'abord, un pot-au-feu... il bout sur le poêle depuis six heures du matin.

Puis des bécassines. C'étaient les seules qui fussent au marché; malgré cela, je ne les ai pas payées trop cher, quoique je fusse bien résolue de les avoir n'importe à quel prix.

— Des bécassines! Marianne? réplique l'apothicaire, qui, l'eau à la bouche, les mange déjà en imagination.

— Des bécassines, monsieur Capron, des bécassines grosses comme le poing... Et grasses... Et tendres!

— Et qu'avons-nous encore, mon enfant?

— Une tranche de saumon frais!

— Du saumon frais! Du saumon frais? Marianne! répète le vieux gourmet, riant et presque pleurant de joie...

— Et pour dessert un nougat : car je sais que vous aimez beaucoup les nougats.

— Vous êtes une brave et digne fille, Marianne; vous êtes un serviteur fidèle et éprouvé qui fait ma joie et ma consolation ici-bas... Et à quelle heure dînerons-nous, ma chère Marianne?

— Vous le savez bien, monsieur Capron, comme

à l'ordinaire : à une heure sonnante, réplique Marianne avec une sorte de fierté blessée.

— Bon! bon!... Mais ce paresseux de Lahoust, mon barbier, qui n'est pas encore venu; vous verrez que je ne serai ni rasé, ni habillé pour une heure. Il n'en fait jamais d'autres.

Pendant que M. Capron se lamente, Marianne s'en retourne à la cuisine, et tout en ayant l'œil à ses ragoûts trouve moyen de dresser la table dans la salle à manger.

Cependant le barbier Lahoust est venu; il a rasé l'apothicaire, il l'a aidé à terminer sa toilette, et il a su lui faire oublier ses retards par mille propos plaisants, qui ont rendu moins longs, au vieillard, l'espace qui le sépare encore du dîner. Enfin Lahoust s'en va, et une heure sonne. Voici une heure et une minute... une heure deux minutes, — une heure trois minutes, — et Marianne n'annonce pas que le dîner est servi. C'est à perdre la patience... Dieu soit loué! la voici. Et s'appuyant sur le bras de sa gouvernante, M. Capron va s'asseoir à table, dans un grand fauteuil.

C'est Marianne qui attache la serviette sous le menton de son maître; c'est Marianne qui lui verse à boire; Marianne qui lui découpe les morceaux les plus délicats; Marianne qui lui répète de manger doucement; Marianne qui le conduit après le dîner dans le salon, où une molle et douce sieste facilite la digestion du vieillard et le délasse de la bonne fatigue du dîner.

A son réveil, M. Capron trouve la table desservie; la cuisine est en ordre; les casseroles nettes et brillantes ont repris leur place au dressoir de la muraille, et Marianne vêtue de ses beaux habits, travaille, près de son maître, à tricoter des bas de laine, en attendant qu'il plaise au vieillard de s'éveiller, et de requérir le bras de sa gouvernante pour aller faire, dans le voisinage, chez Mme de Frémery, une partie de Mariage ou de Piquet.

A huit heures précises, Marianne, une lanterne à la main, vient reprendre le vieillard, qui trouve prêt, en rentrant chez lui, un souper composé de mets légers, et tels qu'il convient d'en manger à son âge avant de se coucher.

Le souper fini, il passe dans sa chambre à coucher. Là, Marianne le déshabille, lui attache sur la tête un chaud bonnet de coton, et le place dans son lit comme une mère y placerait son enfant.

Elle fourre ensuite sous les pieds du vieillard une bouteille de grès remplie d'eau bouillante et qui entretiendra une douce chaleur dans le lit déjà bien bassiné avec du sucre; après quoi, elle rajuste l'édredon, allume la lampe de nuit, et salue son maître d'un respectueux : Bonsoir, monsieur Capron.

M. Capron ne répond pas toujours, car la plupart du temps, il est déjà endormi.

Telle était, depuis vingt ans, l'existence que menaient le vieux apothicaire et sa vieille gouvernante; existence molle, bonne, paisible, uniforme, sans regret de la veille, comme sans souci du lendemain. Existence caressée, mijotée, dorlotée avec amour, car l'habitude avait donné à Marianne, pour son maître, plus de dévouement et d'abnégation d'elle-même que n'aurait pu le faire une passion juvénile et violente. Son maître était sa pensée unique, sa pensée de tous les instants, le but de toutes ses actions, le but de tous ses soins. Elle aurait encore plus souffert d'un malaise de son maître que de la malpropreté du logis : voir le vieux apothicaire, contrarié dans la moindre de ses habitudes, aurait produit un remords à Marianne, un remords poignant, comme si une porcelaine se fût cassée, ou qu'un meuble se fût trouvé gisant au milieu de la chambre. Puis, ainsi qu'un artiste qui caresse son œuvre avec amour, qui l'étudie sans cesse dans ses détails, et qui chaque jour y apporte de nouvelles perfections, Marianne s'étudiait constamment à inventer quelque nouveau bien-être pour l'*excellent* M. Capron. Il fallait voir le regard brillant et le sourire mystérieux de la bonne fille, lorsqu'après avoir inventé et préparé quelque chose de ce genre, elle amenait son maître à en prendre connaissance; il fallait voir, la grosse larme qui brillait dans l'œil de M. Capron, lorsqu'il s'apercevait d'une nouvelle attention de Marianne. Tantôt, c'était un coussin trop dur qu'elle remplaçait par un édredon qu'aurait envié un archevêque; tantôt c'était un tapis pour remédier au léger froid que produisait la pierre placée devant l'âtre de la che-

minée. Le soir, la flamme de la chandelle vacillait-
elle un peu au traîtreux courant d'air qui sifflait à
travers une porte mal jointe, le lendemain, un
bourrelet fermait hermétiquement la fente perfide,
et le vieux apothicaire voyait la flamme de la chandelle brûler droit paisiblement. Marianne avait de
pareils soins, à chaque instant et pour tout. Rien
ne lui coûtait, ni fatigue, ni sacrifice. *Monsieur
sera surpris et content* : il y avait pour elle dans
cette pensée une ample récompense aux travaux
les plus longs et les plus pénibles.

A force de tant de soins et de précautions si mi-
nutieuses, Marianne était parvenue, non pas à empêcher les infirmités que l'âge apportait insensiblement à son maître, mais à les rendre presque
insensibles au vieillard. Ainsi, par exemple, à me-
sure que l'oreille du bonhomme devenait plus dure,
Marianne élevait davantage la voix quand elle parlait, et elle recommandait aux amis de M. Capron de
prendre le même soin. Tant que durait leur visite,
elle se tenait là, à les épier, et à ranimer leur voix
par un signe, quand elle les voyait près d'oublier
sa recommandation. Aussi, l'ex-apothicaire se flat-
tait souvent de ne pas être trop ébréché par l'âge,
et sauf la goutte, disait-il, qui m'attaque quelquefois les jambes, je suis encore un vrai jeune
homme ; Marianne lui avait persuadé que la rai-
deur quasi-paralytique de ses jambes provenait
tout bonnement d'une attaque passagère de goutte,

dont il serait bientôt quitte, et qui n'en durait pas moins depuis dix ans.

La Révolution et la Terreur vinrent rendre à M. Capron le dévouement de Marianne encore plus nécessaire.

M. Capron avait fait sa fortune en fournissant des médicaments aux couvents sans nombre de Cambrai; la destruction des cloîtres, et le départ des religieuses le privaient d'une foule de petits présents, dont elles ne manquaient pas de combler leur ancien apothicaire;—outre qu'il les savait errantes, sans asile et réduites à la pauvreté. Mais à soixante-dix ans, l'on est un peu égoïste, et l'on oublie vite le mal d'autrui que l'on ressent d'ailleurs assez facilement. Et puis Marianne fit des confitures si bonnes et parvint à confectionner des massepains si parfaits, qu'insensiblement M. Capron prit son parti, se résigna, et ne parla plus de la destruction des couvents, que par ce besoin machinal, que par cette manie sympathique que ressentent les vieillards de regretter ce qui n'est plus.

Quant aux arrestations qui chaque jour avaient lieu à Cambrai, et qui jetaient dans les prisons des amis ou des connaissances de M. Capron, l'ex-apothicaire, que depuis un an sa difficulté à marcher retenait forcément au logis, les ignorait tout à fait. Marianne recommandait expressément à ceux qui venaient visiter son maître, de garder le silence le plus complet à cet égard. Or, si quelqu'un d'entre eux se fût avisé de contrevenir à la recommandation de Marianne, il aurait dû, non-seulement renoncer aux invitations à dîner de M. Capron, qui ne se faisaient jamais sans la participation de Marianne, mais encore il se serait vu désormais fermer au nez, par l'impitoyable gouvernante, la porte du vieillard. On le savait, et l'on se tenait sur ses gardes; car, grâce aux ressources inouïes d'imagination que déployait Marianne, on dînait encore très-bien chez son maître, malgré la disette et le maximum.

Un frivole incident vint détruire tout ce bonheur.

Une des vieilles amies de M. Capron, madame de Fremery, étant morte, le notaire chargé d'exécuter ses dernières volontés écrivit à l'ex-apothicaire que la respectable dame lui léguait par testament douze couverts d'argent et son perroquet. Un article exprès de ce testament recommandait ledit perroquet à la tendresse spéciale et aux soins de mademoiselle Marianne Chimot. Marianne se promit bien d'exécuter à la lettre les dernières recommandations de la défunte, et alla prendre possession du perroquet.

L'arrivée de cet oiseau fut un événement pour M. Capron et pour sa gouvernante. On plaça la cage nettoyée, frottée et cirée, sur une fenêtre qui donnait dans la cour intérieure, et M. Capron fit rouler son fauteuil près de cette fenêtre; là, il pas-

sait ses journées non-seulement à gorger le perroquet de morceaux de sucre, mais encore à lui
adresser toutes les agaceries du monde pour le
faire parler.

L'animal, sans doute surpris et attristé d'avoir
changé de maison et de voir de nouveaux visages,
gardait obstinément le silence.

Néanmoins, quelques jours après son arrivée,
par un beau soleil dont les rayons tombaient
chaudement sur la cage, il se mit à parler, et vous
pouvez juger de la joie de M. Capron, lorsqu'il
entendit l'oiseau crier gravement la phrase sacra-
mentelle : « *As-tu déjeuné, Jacquot* ? » Malgré sa
difficulté à marcher, le vieillard se traîna jusqu'à
la cuisine, afin d'apprendre à Marianne une si
grande nouvelle.

Marianne qui, pour lors, lavait la vaisselle dont
on s'était servi pour le déjeuner, accourut, avec
un empressement enfantin près de la cage, et sans
même prendre la peine de s'essuyer les mains.

Le perroquet était devenu aussi bavard que naguère encore il se montrait silencieux. Il riait, il
chantait, il parlait, il sifflait à se faire entendre à
cent pas. Les deux bonnes gens ne se tenaient pas
de plaisir, échangeaient entre elles des regards
émerveillés, et n'osaient prononcer un mot dans
la crainte d'interrompre la verve de l'oiseau : depuis deux ans, il n'y avait point eu pareille joie au
logis. Hélas ! cette joie fut de peu de durée, car le
perroquet se mit à crier de sa voix glapissante :

— Vive le roi! vive le roi !

Marianne pensa défaillir, mais, trouvant de la force dans l'imminence du péril, elle se jeta sur la cage et l'emporta précipitamment au fond de la cave.

Il était trop tard !

Le voisin de M. Capron, charcutier-cabaretier, sans-culotte forcené, et qui d'ailleurs en voulait au vieillard, parce que Marianne lui avait ôté la pratique de la maison, et qu'elle achetait chez un autre du lard et des saucisses, avait déjà couru dénoncer la clameur criminelle qu'il avait entendu proférer chez le citoyen Capron. Une heure après, deux gendarmes emmenaient le vieillard et Marianne au couvent des Bénédictines anglaises, transformé en maison d'arrêt.

Le premier soin de Marianne, en arrivant à la prison, fut d'obtenir, à force de prières et à prix d'or, de ne point être séparée de son maître.

Celui-ci, comme frappé d'anéantissement, ne proférait pas une parole, et se croyait le jouet d'un rêve funeste.

Après avoir allumé du feu dans la cheminée, après s'être assurée que son maître ne serait point trop mal couché, et qu'il n'aurait point trop froid au lit, pourvu toutefois qu'elle ajoutât aux couvertures son propre mantelet, Marianne déshabilla M. Capron, et chercha à l'encourager par de bonnes paroles.

— Il ne faut point nous inquiéter, monsieur....

citoyen, veux-je dire, ajouta-t-elle (car, on le sait, pour parler à son maître elle était obligée d'élever beaucoup la voix, et peut-être des espions écoutaient aux portes), il ne faut point nous inquiéter ; car on ne peut tarder à reconnaître notre innocence et à nous remettre en liberté. Bah ! bah ! un jour ou deux de prison nous en feront paraître la liberté meilleure. Et vive la liberté ! cria-t-elle avec intention ; car elle avait vu reluire à travers les fentes de la porte une raie lumineuse qui annonçait l'arrivée de quelqu'un.

C'était le geôlier et le souper.

Le souper, chèrement payé, et grâce à quelques modifications que lui fit subir Marianne, ne se trouva pas trop mauvais ; de sorte que servi commodément dans son lit, et réconforté par un bon repas, M. Capron ne tarda pas à s'endormir d'un sommeil profond jusqu'au lendemain matin à neuf heures.

Le lendemain, à neuf heures, deux gendarmes vinrent l'éveiller pour le conduire, lui et Marianne, devant le tribunal révolutionnaire.

Chemin faisant, Marianne, avec intention, et de manière à être entendue des gendarmes, parlait à mi-voix de son perroquet. Monsieur, disait-elle, que je suis fâchée du désagrément que vous a causé ma sotte bête. C'est moi qui l'ai élevée, moi qui l'ai appris à parler, et je suis bien contrariée de ne point vous avoir prévenu que je l'avais, malgré vos ordres, rapporté à la maison. Mais que voulez-vous,

vous m'auriez mise à la porte, car vous êtes si bon patriote.

Le vieillard était trop sourd pour l'entendre et trop affaissé d'ailleurs pour soupçonner les intentions généreuses de Marianne.

On arriva au tribunal.

— Capron, reconnaissez-vous ce perroquet ? demanda l'accusateur public.

Marianne répéta, en la changeant la question du président à son maître qui ne l'entendait pas.

— Le citoyen vous demande si vous reconnaissez mon perroquet.

Et, les yeux fixés sur son maître, le cœur palpitant d'une transe horrible, elle attendit avec une terrible anxiété la réponse qu'il allait faire.

— Oui, répliqua M. Capron, cédant à son insu à l'impulsion habile de sa gouvernante. Oui, c'est le perroquet de Marianne.

Marianne respira librement.

— Et d'où vous vient il ?

M. Capron n'entendit pas la question de l'accusateur public, et répondit de nouveau :

— Ainsi que j'ai l'honneur de vous le dire, à Marianne.

— Oui, dit la généreuse fille, comme mon perroquet criait : vive le roi, et que cela mettait mon maî... le citoyen Capron en colère ; comme il m'appelait aristocrate et qu'il voulait me chasser, j'avais mis en pension la pauvre bête chez madame de Fremery, une bonne royaliste celle-là !... Mais elle est morte et il m'a bien fallu reprendre mon perroquet. Je ne l'avais point dit à mon… au citoyen Capron, qui ne savait pas le perroquet chez lui, et qui l'eût fait tuer immédiatement; car c'est un chaud patriote que ce vieux sans-culotte-là.

Elle avait soin en disant cela de se tourner de manière à ce que son maître ne put comprendre ses paroles.

Alors un mouvement se fit dans l'auditoire. Quelqu'un perça la foule et s'avança jusqu'à la balustrade qui contenait le public hors de l'enceinte réservée aux membres du tribunal : c'était le notaire, exécuteur des dernières volontés de madame de Fremery ; il allait parler, il allait empêcher la vieille fille de se sacrifier pour son maître, mais Marianne l'arrêta d'un regard suppliant.

Le notaire rentra dans la foule.

Le tribunal, insoucieux du dévouement sublime de cette fille, sans y prendre garde, sans le soupçonner peut-être, interrogea de nouveau le vieillard, qui répondit d'une manière assez insignifiante pour ne point se compromettre et rendre nuls les mensonges généreux de Marianne. Il fut acquitté, et Marianne condamnée à mort.

Au moment où le juge élevait la voix afin de prononcer la sentence, Marianne fit un peu de bruit pour que son maître n'entendît pas.

Elle réussit au gré de ses désirs.

Suivant la coutume de ce temps horrible, on la conduisit immédiatement dans une chambre voisine où l'attendait le bourreau. Pendant ce temps-là, des amis dévoués emmenaient M. Capron et lui cachaient le sort réservé à Marianne, à Marianne, que le vieillard s'étonnait de ne plus trouver près de lui.

Tandis que le bourreau *faisait la toilette* de Marianne, il y avait parmi les témoins de ces apprêts funestes une personne que connaissait cette vieille fille.

— Écoutez-moi, lui dit-elle, allez de ma part trouver Françoise Chomez, ma cousine; dites-lui que je désire qu'elle devienne la gouvernante de mon maître. C'est un vieillard doux et bon à servir; il la prendra à son service dès qu'il saura que c'est moi qui la lui envoie.

Mon maître a besoin que l'on respecte ses habitudes; il faut qu'il se couche de bonne heure; si le chevet de son lit n'était pas assez élevé, le sang lui monterait à la tête, et cela pourrait provoquer une atteinte d'apoplexie. Mon Dieu! si j'avais pu voir Françoise et lui donner moi-même toutes ces instructions! En ai-je le temps, citoyen?

Le bourreau répondit par un signe de tête négatif.

— Cela est malheureux! pauvre mons... Capron, que va-t-il devenir sans mes soins?

Et on l'emmena à l'échafaud.

Chemin faisant, elle était encore troublée dans ses prières par cette pensée :

Que va-t-il devenir sans moi!

Enfin, en montant les fatals degrés, elle se retourna pour chercher dans la foule celui qui devait porter à la future gouvernante de M. Capron les instructions de Marianne :

— Recommandez surtout à Françoise, lui criat-elle, que le chevet du lit du brave homme soit bien élevé.

Huit jours après mourut M. Capron. On lui avait soigneusement caché que Marianne, par un dévouement sublime, était morte à la place de son maître. Mais il n'avait pu vivre sans elle, sans entendre sa voix, sans se voir entouré constamment de ses soins. Il était mort de chagrin, mort de l'absence de Marianne, mort en l'appelant pour qu'elle lui donnât les tisanes que lui présentait en vain Françoise Chomez.

FIN.

UNE BONNE ACTION PORTE SON FRUIT.

Un colonel suédois se trouva ruiné par un incendie qui consuma sa maison, seule fortune qu'il possédât. Quelques-uns de ses amis firent une loterie pour lui rendre ce qu'il avait perdu. Pendant qu'ils s'en occupaient, le colonel reçut de Poméranie une lettre anonyme renfermant un billet de cent cinquante rixdollars, avec ces seuls mots : « Rappelez-vous le bol de punch brisé. » Il fut longtemps avant de savoir ce qu'on voulait lui dire. Enfin il se souvint que, plusieurs années auparavant, il s'était trouvé dans une taverne encombrée d'une foule joyeuse, et que là une servante avait laissé tomber un bol en porcelaine de Chine et rempli de punch. La maîtresse, dans un accès de colère, menaçait la pauvre fille de la renvoyer sur-le-champ et de la faire mettre en prison, si elle ne payait pas le dommage. Le colonel intercéda pour elle et paya la porcelaine et le punch. Cette anecdote curieuse, racontée dans tout Stockholm, vint jusqu'aux oreilles du roi. Gustave IV s'en amusa beaucoup et envoya à l'officier six mille rixdollars avec une lettre ainsi conçue :

« Je sais que les amis du colonel ont fait une loterie pour lui. Il est défendu d'établir des loteries sans avoir d'abord obtenu l'autorisation de la police. Dites au colonel que je le connais; que je sais qu'il est humain et poli, et par conséquent incapable de se refuser à une demande raisonnable qu'on peut lui faire, et que je désire qu'il obtienne une permission pour sa loterie afin que je puisse y contribuer. »

DIX MILLE FRANCS DE RENTE.

Je tiens l'histoire qu'on va lire de M. Arnault, secrétaire perpétuel de l'Académie des Sciences :

« Quand j'avais dix-huit ans (je vous parle d'une époque bien éloignée), j'allais, durant la belle saison, passer la journée du dimanche à Versailles, ville qu'habitait ma mère. Pour m'y transporter, je venais presque toujours à pied, rejoindre, sur cette route, une des petites voitures qui en faisaient alors le service.

« En sortant des barrières, j'étais toujours sûr de trouver un grand pauvre qui criait d'une voix glapissante : — *La charité, s'il vous plait, mon bon monsieur!* De son côté, il était bien sûr d'entendre résonner dans son chapeau une grosse pièce de deux sous.

« Un jour que je payais mon tribut à Antoine, c'était le nom de mon pensionnaire, il vint à passer un petit monsieur poudré, sec, vif, et à qui Antoine adressa son memento criard : — La charité, s'il vous plaît, mon bon monsieur !

« Le passant s'arrêta, et après avoir considéré quelques moments le pauvre : — Vous me paraissez, lui dit-il, intelligent et propre à travailler. Pourquoi faire un si vilain métier ? Je veux vous tirer de cette triste situation et vous donner dix mille livres de rente. Antoine se mit à rire et moi aussi. — Riez tant que vous le voudrez, reprit le monsieur poudré, mais suivez mes conseils, et vous acquerrez ce que je vous promets. Je puis d'ailleurs vous prêcher d'exemple. J'ai été aussi pauvre que vous ; mais, au lieu de mendier, je me suis fait une hotte avec un mauvais panier, et je suis allé dans les villages et dans les villes de province demander non pas des aumônes, mais de vieux chiffons qu'on me donnait gratis et que je revendais ensuite un bon prix aux fabricants de papier. Au bout d'un an, je ne demandais plus pour rien les chiffons, mais je les achetais, et j'avais en outre une charrette et un âne pour faire mon petit commerce. Cinq ans après, je possédais trente mille francs et j'épousais la fille d'un fabricant de papiers, qui m'associait à sa maison de commerce, peu achalandée, il faut le dire. Mais j'étais jeune encore, j'étais actif, je savais travailler et m'imposer des privations..... A l'heure qu'il est, je possède deux maisons à Paris, et j'ai cédé ma fabrique de papier à mon fils à qui j'ai enseigné de bonne heure le goût du travail et le besoin de la persévérance. Faites comme moi, l'ami, et vous deviendrez riche comme moi.

« Là-dessus le vieux monsieur s'en alla, laissant Antoine tellement préoccupé, que deux dames passèrent sans entendre l'appel criard du mendiant : — La charité s'il vous plaît !

« En 1815, pendant mon exil à Bruxelles, j'entrai un jour chez un libraire pour y faire emplette de quelques livres. Un gros et grand monsieur se promenait dans le magasin et donnait des ordres à ses cinq ou six commis. Nous nous regardâmes l'un et l'autre comme des gens qui, sans pouvoir se reconnaître, se rappelaient cependant qu'ils s'étaient vus autrefois quelque part.

« — Monsieur, me dit à la fin le libraire, il y a vingt-cinq ans, n'alliez-vous pas souvent à Versailles le dimanche ? — Quoi! Antoine, c'est vous! m'écriai-je. — Monsieur, répliqua-t-il, vous le voyez, le vieux monsieur poudré avait raison; il m'a donné dix mille livres de rente. »

DEUX CARICATURES ANGLAISES.

Voici une anecdote que se plaisait à raconter madame la duchesse d'Abrantès et qu'on retrouve dans ses mémoires :

Lors de la seconde invasion de la France par les troupes alliées, Paris présentait un spectacle à la fois affligeant et bizarre. A chaque pas et partout, on ne rencontrait que des uniformes étrangers. Ici, les Cosaques, barbares d'un aspect sauvage comme leurs mœurs, vêtus de rouge et de bleu, hissés sur les hautes selles de leurs petits chevaux et portant des lances d'une longueur démesurée. Là, des Russes à la poitrine arrondie, au schako écrasée, aux nombreuses décorations; plus loin, l'uniforme blanc de l'Autriche ; autre part, les vestes noires des hussards de la mort, chargés de galons et d'ossements blancs. Puis les Prussiens vêtus de vert, puis les Anglais vêtus de rouge, puis les Écossais aux jambes nues.

Une fois effacée, la première impression produite par l'arrivée de ces funestes hôtes, les Parisiens, grâce à la badauderie frivole de leur caractère, ne virent plus dans le spectacle de la patrie, naguère invincible et maintenant au pouvoir de l'ennemi, qu'un spectacle amusant et grotesque. Ils se consolèrent en riant et en se moquant de leurs ennemis ; et, pour cette fois encore, ils *chantèrent et payèrent.* Il fallait voir chaque jour, aux Tuileries, l'affluence de jeunes gens et de jolies femmes qui venaient s'amuser aux dépens des tournures hétérogènes et des visage burlesques qui s'y promenaient gravement, bien loin de se douter qu'ils fussent, pour ceux dont ils occupaient militairement le pays, un jouet et un point de mire d'épigrammes.

Un jour, entre autres, un grand Anglais, maigre, à la démarche tremblante et gauche, se promenait seul au Tuileries, sans s'apercevoir que tous les yeux étaient attachés sur lui, et qu'il faisait l'objet de tous les entretiens. Moi-même, je l'avoue, je ne pus y tenir ; et il me fallut rire comme les autres, à la vue des airs dédaigneux et de l'allure dandinante de cet homme dont le costume offrait un mélange singulier de l'accoutrement militaire et des vêtements de ville. Enfin, son petit chapeau allongé sur sa tête comme une nacelle renversée, avait pour panache cinq ou six misérables plumes de coq flétries par la pluie, ce qui, du reste, s'accordait merveilleusement avec l'air distrait et la négligence que l'on remarquait dans tout le costume de cet homme.

Chacun donc s'occupait de lui, chacun s'amusait à suivre ses pas lents et solennels, au milieu de la foule qui, par un mouvement instinctif, s'était rangée de chaque côté de l'allée, comme pour former une sorte de galerie vivante autour de l'étranger.

Tout à coup, jugez de la joie générale, on vit arriver, à l'autre bout de l'allée, un second Anglais, plus grotesque encore. Le nouveau venu était aussi gros et aussi court que le premier était mince et long. Ils s'approchèrent l'un de l'autre, à la satisfaction générale, se reconnurent, s'accolèrent et se donnèrent de ces poignées de main vigoureuses, aujourd'hui passées dans nos mœurs, mais qui étonnaient beaucoup alors. Puis ils se prirent le bras et se mirent à marcher ensemble, causant avec ardeur, sans prendre garde aux rires de la foule, et sans s'apercevoir qu'un jeune homme entouré d'un groupe d'amis dessinait, d'après eux, une caricature qu'on se passait de main en main : or, ce jeune homme, par parenthèse, se nommait Horace Vernet.

Cependant un groupe d'officiers supérieurs anglais sortit du palais, et descendit dans le jardin. C'était, au milieu d'un brillant état-major, lord Wellington avec sa figure moitié aigle et moitié mouton ; lord Fitz-Clarence, jeune et brillant étourdi, fier de sa haute naissance, car il avait pour père le prince-régent ; puis lord Hill, lieutenant-général des armées anglaises et savant distingué ; puis enfin, ce jeune capitaine Gordon, dont un duel devait bientôt arrêter la carrière brillante.

Tous se dirigèrent vers les deux Anglais qui

nous amusaient tant depuis une heure, et les abordèrent avec un empressement et des respects qui étonnèrent les badauds. Lord Wellington se plaça entre les deux amis, et, après une promenade de quelques minutes, il insista beaucoup pour qu'ils montassent avec lui dans sa voiture, ce qu'ils firent, du reste, avec l'aisance de gens qui reçoivent des honneurs auxquels ils ont droit.

Après avoir quitté lord Wellington, lord Hill, qui m'avait remarquée dans la foule, vint à moi, et m'offrit son bras.

— Quels sont, lui demandai-je, ces deux originaux qui nous ont tant fait rire?

— Madame, me répliqua-t-il d'un ton un peu sévère, je vais vous le dire : l'un se nomme HUMPHREY DAVY, l'autre JAMES WATT.

— Eh bien ? repris-je.

— Quoi! madame, fit-il avec étonnement, tout le monde ne sait pas en France ce que c'est qu'Humphrey Davy et que James Watt! — James Watt est celui qui réparera tous les maux que la guerre a faits à l'Europe; celui qui vous créera des industries nouvelles, celui qui répandra l'aisance dans vos classes pauvres. James Watt est l'inventeur des machines à vapeur, ou du moins le premier qui leur ait trouvé une application utile et facile. Vous savez du moins, ajouta t-il avec ironie, ce que c'est qu'une machine à vapeur?

— J'en ai vaguement entendu parler.

— Et Davy?

— Davy est un savant qui a fait faire des progrès immenses à la chimie. C'est l'inventeur des *lampes de sûreté,* qui ont sauvé la vie à tant d'ouvriers mineurs!

Ainsi voilà deux bienfaiteurs de l'humanité dont les noms ne sont même pas connus en France!

Voilà deux grands hommes que vous insultez de vos rires, parce qu'ils portent un uniforme étranger, uniforme qu'ils n'ont consenti à revêtir que pour venir visiter vos usines et tâcher d'y importer quelques améliorations... Vous voilà bien, vous autres Français, qui riez de tout, et qui ne savez rien.

Quelques années après, je reconnus en effet combien mon ignorance était honteuse et ingrate; mais à l'époque dont je parle, bien peu de personnes en France savaient plus que moi ce que c'étaient que Davy et que Watt.

FIN.

TABLE DES MATIÈRES.

TOUT CE QUI RELUIT N'EST PAS OR.

LOUISE ET MARIE.

Paris. — Typ. Walder, rue Bonaparte, 41.

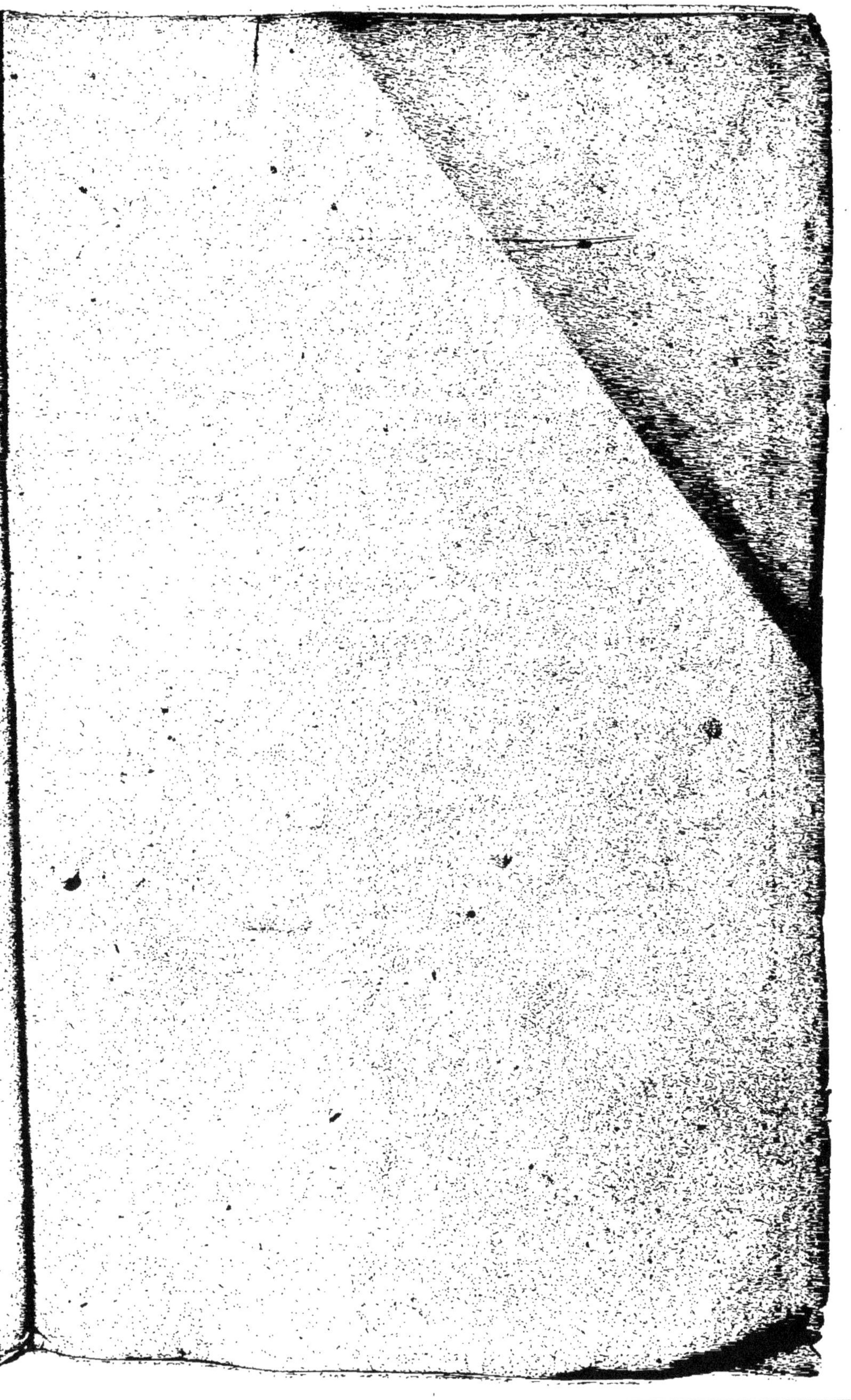